eye

守望者

—

到灯塔去

蒙 辱

阿亚德·阿赫塔尔剧作集

〔美〕阿亚德·阿赫塔尔 著
陈思安 译

Ayad Akhtar

Disgraced & Junk:
Two Plays

南京大学出版社

DISGRACED: A Play Copyright © 2013 by Ayad Akhtar
JUNK: A Play Copyright © 2017 by Ayad Akhtar
This edition published by arrangement with Little, Brown and Company,
New York, New York, USA. All rights reserved.
Simplified Chinese Edition Copyright © 2024 by NJUP
江苏省版权局著作权合同登记　图字:10-2022-294号

图书在版编目(CIP)数据

蒙辱:阿亚德·阿赫塔尔剧作集 /(美)阿亚德·
阿赫塔尔著;陈思安译.— 南京:南京大学出版社,
2024.8
　书名原文:Disgraced,Junk
　ISBN 978-7-305-27372-8

　Ⅰ.①蒙… Ⅱ.①阿… ②陈… Ⅲ.①剧本-作品集
-美国-现代 Ⅳ.①I712.35

中国国家版本馆CIP数据核字(2023)第250179号

出版发行	南京大学出版社		
社　　址	南京市汉口路22号	邮　编	210093

MENGRU:AYADE AHETAER JUZUOJI
书　　名　蒙辱:阿亚德·阿赫塔尔剧作集
著　　者　[美]阿亚德·阿赫塔尔
译　　者　陈思安
责任编辑　付　裕

照　　排　南京紫藤制版印务中心
印　　刷　南京爱德印刷有限公司
开　　本　787 mm×550 mm　1/32　印张9.625　字数183千
版　　次　2024年8月第1版　2024年8月第1次印刷
ISBN　978-7-305-27372-8
定　　价　58.00元

网　　址:http://www.njupco.com
官方微博:http://weibo.com/njupco
官方微信:njupress
销售咨询:(025)83594756

* 版权所有,侵权必究
* 凡购买南大版图书,如有印装质量问题,请与所购
　图书销售部门联系调换

目 录

导 言
001

蒙 辱
001

垃 圾
109

导 言

陈思安

巴基斯坦裔美国剧作家、小说家阿亚德·阿赫塔尔1970年出生于纽约市史泰登岛,后随家人前往威斯康星州密尔沃基市生活。高中时期,阿亚德对文学和戏剧萌发出强烈兴趣,考入布朗大学主修戏剧和宗教专业,并开始参演及执导学生戏剧作品。本科学习期间,阿亚德被彼时在世界范围内创作非常活跃的戏剧大师耶日·格洛托夫斯基(Jerzy Grotowski)的表演体系吸引,毕业后前往意大利与格洛托夫斯基共同工作了一年,担任其助理。回到美国后,他考入哥伦比亚大学,获得电影导演艺术硕士学位。

阿亚德的父母都是医生,他们于二十世纪六十年代离开巴基斯坦前往美国,寻求事业的进一步发展。作为第二代穆斯林移民,阿亚德尽管生在美国、长在美国,但始终需要面对所有二代移民都不得不面对的困境:与生俱来的根源文化是距离自己颇为遥远的回响,日常生活所处的美国本土文化却将其视为异族。而在2001年"9·11事件"发生后,这种撕裂感则更为加剧和凸显。

二十世纪末到二十一世纪初,全球化迅猛发展,种族问题日益突出，资本世界出现重大变革，在这样一个特殊转型时期成长、学习并开始创作的阿亚德，逐渐形成了他独特的创作风格及语调：题材广泛，涵盖美籍穆斯林生活经验、宗教、经济、种族、移民，以及身份认同等方面；问题意识明确，善于将宏大议题引入极具私人性的个体生活；在具有寓言性的叙事中，展现人物的挣扎、野心、自我矛盾与孤独。

尽管阿亚德很早便确立了自己渴望成为优秀作家及编剧的志向，但他没有急于求成，而是选择通过深入调研和较长时间探索的创作路径，一点点靠近自己的目标。2012年，在经过数部电影长短片的编剧、表演工作，以及若干未正式上演的戏剧剧本的反复磨砺后，时年四十一岁的阿亚德厚积薄发，终于将自己第一部正式制作的剧目《蒙辱》(*Disgraced*)带到美国观众面前。阿亚德在采访中提到，自己花了十年时间，来研究和理解自己的双重身份，并将其转化为这部作品。

《蒙辱》的故事发生在"9·11事件"十年后的2011年，纽约上东区一处宽敞的豪宅中。豪宅的主人阿米尔是一位出生在美国，成长于虔诚穆斯林家庭的巴基斯坦裔二代移民。他的白人妻子艾米丽是一位事业正处在上升期的画家，她被伊斯兰传统文化和艺术深深吸引，将其运用到自己的画作里，并视丈夫阿米尔为缪斯。阿米尔依靠自己的不懈打拼，在法律界崭露头角，成为曼哈顿一家大律所的并购业务律师，距离成为合伙人仅一步之遥。阿米尔在公司里小心地隐藏自己的出身，生活中也远远逃离穆斯林家庭的影响，竭力在社会阶梯中向上攀爬。然而一次在侄子亚伯的央求和艾米丽的坚持下，他以个人身份出现在法庭上，为无辜受难的教区领袖辩护，这使得他的出身被公司高层发现。就在局面越来越复杂之际，阿米尔律所里的黑人同事乔里和她的犹太丈夫、美术馆策展人艾萨克来到阿米尔家中做客。这一场原本只是阿米尔试图帮助艾米丽举办画展而召集的晚宴，却在四个来自不同种族、宗教和文化背景的人的激烈碰撞中，走向了无法挽回的颠覆性局面。

作为一部剧作家处女作，《蒙辱》获得了相当惊人的成功。2012年1月底，该剧由美国戏剧公司制作，于芝加哥进行首演。同年10月，转入纽约外百老汇，于林肯中心剧院上演两个月，获得了场场售罄的骄人成绩和评论界的普遍认可。2013年，《蒙辱》相继斩获普利策戏剧奖和奥比奖（外百老汇戏剧奖）最佳剧作奖，进一步帮助这部戏走向更大的舞台。2013年5月，该剧进入伦敦外西区，于布什剧院演出一个月，2014年10月，进入百老汇，于莱塞姆剧院连演四个多月，并于2015年获得托尼奖年度最佳戏剧奖提名。

一部讲述美籍穆斯林生活的戏剧，能够获得更多非伊斯兰文化背景的观众的喜爱和广泛共鸣，很大程度上说明剧中涉及的诸多议题，不只与穆斯林生活、移民和种族问题相关，同时也触及每个人都会面对的对自我身份的内向拷问、这种拷问所导向的持续的自我抗争，以及这一切对日常生活和亲密关系的影响。在提及这个问题时，阿亚德说道："三十岁出头时，我开始意识到我始终在逃避一些事情，不只是在个人层面上，也在写作层面上。我否认自己的出身，试图装作一个自己不是的人。""（创作本剧时）我所做的就是转过头，回看自己想要逃离的东西。在那一刻，创造力便爆发了。"

2014年2月，阿亚德推出了自己的第二部剧作《谁&什么》（*The Who & The What*）。这部戏延续了他在《蒙辱》中的思考，讲述了一个生活在美国亚特兰大的穆斯林家庭中爆发的内部战争。家中具有当代意识和独立精神的小女儿扎里娜，对长期以来伊斯兰信仰下女性的地位和生活现状感到不满，因此创作了一部颇具挑衅性的小说，希望以此来为穆斯林女性发声。思想更传统的父亲和姐姐发现了小说手稿，这引发的巨大冲突甚至可能将这个家庭撕得四分五裂。这部戏依然获得了欧美观众的广泛认可，于美国首演后，很快前往柏林、汉堡、维也纳等地进行巡演。

2014年11月，阿亚德的第三部长剧《无形之手》（*The Invisible Hand*）在纽约戏剧工作坊首演。这部剧名直接引用了经济学家亚当·斯密写在《国富论》中、后用来指代资本主义完全竞争模式的用语，直白地表露了本剧想要讨论的核心问题。有趣的是，这部戏似乎成为阿亚德创作道路上一次承前启后的重要转折点。在人物的选择上，阿亚德依然挑选了他持续关注的穆斯林群体，故事背景及主要场所也依然围绕着巴基斯坦、伊斯兰信仰等展开，但作家另外一个极为感兴趣的议题开始成为剧目更为显眼的支撑点——资本与金融市场。

剧中主人公美国期货交易员尼克，阴错阳差被巴基斯坦某激进宗教组织绑架，眼见被赎无望，尼克开始用自己长期从事巴基斯坦期货交易的经验来换取生存希望。随着大宗期货交易让源源不断的资金流入账目，组织内部的斗争却日益激烈起来，尼克发现自己卷入其中无法脱身。资本、金钱和信仰纠缠在一起，组织原本带领巴基斯坦人民迈向更美好生活的承诺变得越来越可疑，组织头目的个人利益逐渐膨胀。最终一次内部政变打破僵局，尼克终于被释放，但他带来的资本市场操作指引，却将继续深刻地改变这里原本就已非常复杂的地区形势。

《无形之手》给阿亚德带来第二个奥比奖最佳剧作奖，以及纽约外围评论人协会奖约翰·加斯纳奖。但更重要的是，它进一步打开了阿亚德在关注种族和身份认同之外的另一个重要创作方向。阿亚德对于资本和金融市场的观察与思考，并没有仅停留在刻画世纪之交市场风云变化的事实层面，他希望能够穿透市场本身，去挖掘隐藏其后的资本对美国乃至世界在社会结构、文化意识层面上的持续影响。这毫无疑问是极具野心，也将面临极大挑战的创作。

阿亚德曾在一次采访中提到他为何对金融产生了越来越大的兴趣："我花了很多时间来思考这件事，我相信如果要理解今日之世界是如何运作的，要感受身处这样一个世界中作为人类的意义,你必须深刻地理解金融。我不确定对于十四世纪甚至十七世纪来说是否也一样,但在我们这个时代,这就是事实。如果不理解金融如何重新定义了人类,就无法理解当下人的意义。"

经过大量阅读、原型人物采访、查阅历史资料等积累后,阿亚德于2016年向观众和戏剧界交出了《垃圾》(*Junk*)。这部有着十二位主要角色、十余位次要角色、数十个不同场景,演出时长将近三小时的体量庞大的剧作,上演后被评论界认为是具有莎士比亚历史剧气质的史诗性作品。剧名语义双关,既指代垃圾债券,也影射其中人物的观点,而它上演时另有一个副标题——"债务的黄金时代"(The Golden Age of Debt),直接点明本剧核心观点。

阿亚德带领观众回溯二十世纪八十年代中期,回顾由彼时发端进而席卷全球金融市场,最终在二十一世纪初引发全球金融危机并影响至今的美国债务融资的起源时刻。他的野心还并不止于描述这幅相当宏大的金融历史画卷。在剧本的编剧说明里,阿亚德特意写道,布景设置不应过于逼真,因为"剧中展开的事件应当被设想为发生在我们可称之为集体记忆的舞台上",而剧中事件所引出的那个世界,"并不仅仅事关过去,也代表着一种对我们今日所称之世界而言非常重要的精神特质及本体论"。

剧中的核心人物罗伯特·梅尔金,是一位魅力十足、果决勇进的投资银行垃圾债券交易员。剧情开始时的1985年，罗伯特刚刚登上《时代》周刊封面，一时风头无两。他被认为是"美国的炼金术士"，能够点石成金，将债务转化为融资手段，给投资人带来巨额收益。罗伯特联手通过恶意收购来掠夺企业管理权的伊斯雷尔·彼得曼，试图借由垃圾债券融资，收购美国传统工业巨头——现已陷入经营危机的钢铁大亨埃弗森钢铁联合集团。这不是一场普通的商战，而是以埃弗森家族为代表的美国传统制造业和以罗伯特为代表的新兴资本金融业之间的对决。罗伯特想要的，也并非得到公司制造钢铁，而是将其进一步包装成融资资本，带来更多利润，甚至改变美国资本界的"游戏规则"，重塑整个世界。为达成目的，他不惜使用暗箱操控股市、内幕交易、违规信息披露等非法手段。一番惊心动魄的商战争斗后，最终成功收购埃弗森钢铁，罗伯特却也被自己不断膨胀的野心拉进谷底，锒铛入狱。

全剧节奏极快，围绕着这场波澜起伏的收购商战，二十多个角色轮番登场，勾画出牵涉其中的各个阶层、各个背景、各种意识理念的多元而复杂的人物群像：野心勃勃的金融家，永不餍足的套利者，思想守旧但忠诚勤恳的传统工业巨头，机智冷酷的律师，充满浮夸种族歧视的白骑士买家，自我矛盾的记者，陷入困境却依然短视的钢铁工人，政治野心压倒正义感的联邦检察官……基本上每个人物都各具色彩、语言生动，不仅仅为推动剧情而存在，令人过目难忘。戏中角色即便阵营对立，多方生死角逐，但其中并没有立场简单的刻板人物，每个人都有着复杂的背景和动机。为了写活这些人物，阿亚德参考了二十世纪八十年代众多金融业从业者的真实故事及形象，其中罗伯特·梅尔金的人物原型为八十年代末美国最受瞩目的垃圾债券交易员迈克尔·罗伯特·米尔肯（Michael Robert Milken）。

作为阿亚德第一部，也是迄为止唯一一部其中没有任何穆斯林角色的戏剧作品，《垃圾》在更为开阔的语境里触及了资本、欲望、新旧价值观的对冲、当代社会对财富无止境的追求与崇拜等诸多议题，而他始终密切关注的种族与自我认同问题，在这部戏里则是通过犹太裔、亚裔、非裔、意大利裔、爱尔兰裔等其他族裔角色加以延伸和展开。

《垃圾》2016年8月在加州拉霍亚剧院首演，2017年11月进入百老汇，在薇薇安·贝奥蒙特剧院连演七十七场。2018年该剧获得爱德华·M.肯尼迪戏剧奖，以及托尼奖年度最佳戏剧奖提名、外围评论人协会奖百老汇杰出新剧奖提名。2017年底，美国著名新闻从业者、政治评论人比尔·莫耶斯（Bill Moyers）在他与阿亚德的对谈中高度评价《垃圾》，认为该剧"不只是历史，而是预言。是一部关于谁在及如何掌控美国的圣经般的叙事"。

2015年，《经济学人》杂志的一篇评论写道，阿亚德的创作"在今日极其重要，就如索尔·贝娄、詹姆斯·法雷尔和弗拉基米尔·纳博科夫在二十世纪捕捉到的关于移民经验的作品一样重要"。莫耶斯则认为:"我们的时代终于找到了自己的声音,它属于一位巴基斯坦裔美国人——阿亚德·阿赫塔尔。"作为一位仍处于创作旺盛期的剧作家、小说家,阿亚德始终保持着自己对世界的敏锐观察,以及对探索具体问题的不懈坚持,让人有理由相信未来他将给观众和读者带来更多惊喜。

蒙

辱

Disgraced

2012

论剧本阅读

纸面上的剧作既非鱼类，也非鸟。剧本很少是为供人阅读而作。它是为供人仔细研读、审视、剖析和遵循而作。剧本是一份蓝图，是为一群共同协作的艺术家绘制的施工计划，其中必须包含灵感的种子，包含对真相的暗示，以此激发演员、导演和设计师们去巧妙地讲述剧作家所选择的故事。始于剧作的这一过程的最终结果，并非与个别读者在某一私密时刻的相遇，而是与一群现场观众喧闹而公开的相遇，这种集体聆听和观看的行动，是剧场永恒而充满仪式感的魔力根源。

然而读者在纸面上与对话的沉默相遇，仍可具有某种魔力。这种相遇充满兴奋感：窥听他人对话，根据片段拼凑出环境、形势、情感，理解我们无法看到的事物。这是属于不完整性的愉悦，对于那些更熟悉阅读具有完整性的小说的读者而言，阅读剧本或许感觉是不完整的。诚然，小说确实也要借助读者自己补全心理画面，但事实是，小说给予你的更多。它也必须如此。小说家仅仅使用文字——没有灯光、演员或舞台布景的幻象——来施展故事的魔法。有些小说家会铺陈细节，另一些则会节制。尽管你可能认为在最言简意赅的小说里能找到的描述已经如此之少，但请放心，哪怕在最滔滔不绝的剧本里你也只会找到更少。

阅读剧本的奇妙之处，与对话所提供的和拒绝提供的内容相关。莎士比亚对他剧中的设置说得很少。剧情开始前只有简单的宣告，细节通过随之而来的情节、通过对话的揭示而浮现。我们对那座决定了哈姆雷特命运的艾尔西诺城堡的感知，由角色口中而来。实际上，在莎士比亚的作品中，描述从来不是单纯来自个人；它总是染有说出台词的人物的心理和环境的色彩。外在景观是内在状态的反映，角色所说的一切都在向我们揭示他们的内心和思想。

剧本中的一切都应起效——或至少应该如此。这是种严苛的文体。情节必须发展，而文字必须推动它。有时间留给离题的内容，只要这种离题具有深度和微妙之处，能够赋予作品独特性，使其有存在的理由。如此节制精简的文体，产生出一种与小说家和读者之间的联系所不同的内在性，前者的关系令人惊奇——且通常广博复杂。而在一部剧本中，文字是信号；它们宣告、唤醒；作为施工计划的建筑模块，它们不负责完满，而是做出承诺；它们引导、隐藏、揭示。

在纸面上，戏剧的语言似乎总指向某种缺失。毕竟，确实有许多缺失：演员、布景、观众。并且，即便在最优秀的剧作中，对话也从未完全说出隐藏的真相，从未清晰地直接表达核心情感，而是围绕着这些去讲述，给观众留下空间去建立联结。这是一种以省略为基础的文体形式，也是为什么阅读剧本有点像侦探工作给人带来的刺激：线索逐行显露，缓慢描绘出完整画面，剧本中更深层次的内涵从而浮现。

因此，缺失，是一部书面剧作的支配性原则，就连它在纸面上的形式——主要是页面上的空白——也是对读者的邀请。这片空白不仅指向舞台上故事最终将展开的那片空的空间，并且，早在这一切发生之前，就指向了读者心灵的空白，他们等候着，期待着，渴望一场共同想象的愉悦开始。

献给阿曼达、P.J.、金伯莉和佩奇

布 景

纽约上东区一间宽敞的公寓。

时 间

2011—2012年。
前两场戏发生于2011年夏末。
第三场戏发生于三个月后的秋天。
第四场戏发生于六个月后的春天。

本剧应连续演出,不设中场休息。

第一场

灯光亮起。

高天花板，镶木地板，皇冠饰条。相关装饰。

舞台后方——一张餐桌。餐桌后，有一扇转门通向厨房。

舞台后方右侧——一扇敞开的门，通向观众视野看不到的门厅。

舞台后方左侧——一个露台，以及望出去可以看到远处建筑的窗户。每个场次中季节的变化可以透过窗户看到。

舞台前方——客厅。一张咖啡桌周围摆着一套沙发和几把椅子。

舞台左侧墙壁挂着一幅大型画作：充满活力、刺激感官的白蓝两色双联画，花样让人联想到伊斯兰花园。画作富有光泽，很吸引人。

画作下方，一座大理石壁炉。壁炉台上，放着一尊湿婆[1]雕像。沿着一侧或多侧墙壁，摆满书架。

一侧墙边，有一张小桌子，上面摆着半打各式酒瓶。

---

[1] 湿婆（Shiva），印度教三大主神之一，与梵天、毗湿奴并称。湿婆是宇宙与毁灭之神，印度哲学中"毁灭"有"再生"的含义，因此也担当创造（转化）的职能，由吠陀时代的天神楼陀罗演变而成。（如无特别说明，书中所有脚注均为译者注。）

舞台前方右侧——玄关和前门。

（家具简朴而有品位。或许带着些东方气质的微妙繁复感。）

舞台上：艾米丽——三十出头，白人，轻盈可爱——坐在餐桌末端。她面前摆着一大本拍纸簿和一本摊开的书，书页上是委拉斯开兹①《胡安·德·佩雷加肖像》②的大型复制品。

艾米丽打量着她的模特……

阿米尔——四十岁，南亚血统，穿着意大利西服外套和挺括的有领衬衫，但下面只穿了条平角内裤。他讲话时带着纯正的美国口音。

他给妻子摆着造型。

她照着他画素描。直到……

阿米尔　你确定我不用把裤子穿上吗？

艾米丽　（给他看委拉斯开兹的画）我只需要腰部以上。

阿米尔　我还是不明白。

艾米丽　你说了没关系。

---

① 委拉斯开兹（Velázquez, 1599—1660），文艺复兴后期、巴洛克时代、西班牙黄金时代的画家，对后代画家及"印象派"的影响很大。
② 《胡安·德·佩雷加肖像》（*Portrait of Juan de Pareja*），委拉斯开兹1650年为他曾经的奴隶、后成为其助手的胡安·德·佩雷加所绘的肖像画，现收藏于纽约大都会博物馆。这幅画是已知最早的一幅非洲裔西班牙人的肖像画。

阿米尔　是没关系。就是……

艾米丽　怎么了?

阿米尔　我越想这事儿……

艾米丽　嗯。

阿米尔　我觉得有点怪。你看完一幅奴隶的画然后想画我。

艾米丽　他是委拉斯开兹的助手,亲爱的。

阿米尔　是他的奴隶。

艾米丽　后来委拉斯开兹给了他自由。

阿米尔　好吧。

艾米丽　你说咱们有多少次在那幅画前挪不动脚?

阿米尔　是幅好画。不知道这跟昨晚的事儿有什么关系。那人是个混蛋。

艾米丽　他不只是个混蛋。他对你很混蛋。我知道为什么。

阿米尔　亲爱的,也不是头一回了——

艾米丽　一个男的,一个服务员,盯着你看。

阿米尔　盯着我们看。

艾米丽　他看不到你。看不到你究竟是个怎样的人。直到你开始对付他。而你是如何灵敏地应对。你让他看到了差距。他对你的预设和你真实身份之间的差距。

阿米尔　那家伙种族歧视。又怎样呢?

艾米丽　当然。但这让我开始思考委拉斯开兹这幅画。还有人们第一次看到这幅画时的必然反应。他们认为自己在看一幅摩尔人①的画像。一个助手。

阿米尔　一个奴隶。

艾米丽　好吧。一个奴隶。

但他画的那些国王和王后里有哪幅画——事实证明——比这幅更精妙和复杂呢？天知道他画过多少幅那种画。

阿米尔　你知道我怎么想吗？我认为你该打电话叫你那个西班牙黑人男友过来坐在这儿给你当模特。他还在纽约，对吧？

艾米丽　亲爱的，我不知道。

阿米尔　你不用老提这个，宝贝。

我知道所有人并不是生来平等——

艾米丽　（示意他摆个姿势）你能摆成这样吗？

阿米尔　（调整胳膊）让人感到自己被需要——

不管怎样，我猜我得感激何塞，对吧？

他气死你爸了。至少我还讲英语。

艾米丽　我爸还难受着呢。他那天在电话里还在提感恩节那事儿。

（打量着她的素描）

---

① 摩尔人，中世纪入侵欧洲伊比利亚半岛、西西里岛、撒丁岛、马耳他、科西嘉岛、马格里布和西非的穆斯林居民，大多为柏柏尔人，也有阿拉伯人和犹太人。

反正吧——我不知道你有什么可担心的。又没有人会看。

阿米尔 宝贝。杰瑞·萨尔茨①都爱你上次的展览。

艾米丽 他喜欢。不是爱。画卖不动。

阿米尔 卖画不是一切。

阿米尔的手机响起。

艾米丽 卖画不是一切？你真的信？

艾米丽抓起手机丢给他。

阿米尔 是个客户……

艾米丽 好吧。就……站那儿别动？

阿米尔 （接起电话）干吗？

（听着）

保罗，我不是你心理医生。你付钱给我不是让我听你的。你付钱给我是要听我的。

没错，但你没在听我的。

你会。毁了。这笔交易。

（艾米丽上前，调整他的姿势）

亲爱的……

（继续讲电话）

---

① 杰瑞·萨尔茨（Jerry Saltz, 1951— ），美国艺术评论家。自2006年以来，一直担任《纽约》杂志高级艺术评论家及专栏作家。曾获得2018年普利策评论奖。

重点是，他们买下它了，他们就拥有它。

他们想怎么干都行。道理就是这样。

（看手机……）

保罗。有另一个电话进来了。关于合同的。我得挂了。

（切换通话）

你的脆谷乐①好吃吗？

行，那还有他妈什么别的事儿让你不回我电话？

我可不管这是周六早上。你拿六位数的薪水就得回我电话。

（挣脱开，走到桌上放着的合同旁）

第四段，第三小节。最后一句。

那三个字为什么还在那儿？

你没发现？不对。事实上是我告诉你要改掉，但你没有。

那就给我表现得像样点。

（挂掉电话）

他妈的法律助理。

艾米丽 喔。

阿米尔 以为我抓不住他的小漏洞？花了客户八十五万。

---

① 脆谷乐，雀巢公司生产的营养麦片谷物类食品，全美销量第一的早餐品牌。

艾米丽　（画素描）这样还挺性感。

阿米尔　（走过去从她肩膀上方看素描）画得真好。

（指着委拉斯开兹的画作照片）

他叫什么来着?

艾米丽　胡安·德·佩雷加。

阿米尔　出了点小漏洞。真让我受不了。

艾米丽　（性感地）我碰巧知道你喜欢出点小漏洞。

他们亲吻。

阿米尔　我该给莫特打电话。

艾米丽　（在阿米尔按手机键盘上的数字时）再来点咖啡吗?

阿米尔点头。艾米丽退场。

阿米尔　（接通电话）嘿,莫特……

很好,很好。是这样,我跟保罗又通了个话。

卖家反悔了。

现在有些争议。他的董事会要投票否决他。

你想让我怎么办?

好。我会威胁他我们要起诉。他可没那个胆子。等我跟他说完,每次看见我名字出现在他的来电显示上,他都会犯创伤后应激障碍症。

艾米丽拿着咖啡返回。

阿米尔　（继续讲电话）她就在边上……

（对艾米丽）

　　　　　莫特问你好。

艾米丽　也问他好。

阿米尔　她问你好……

　　　　　我们劳动节有安排了，莫特。

　　　　　不用担心。享受周末吧……

　　　　　听着不错。回头见。

艾米丽　去汉普顿斯?

阿米尔　亲爱的，乔里和艾萨克。

　　　　　巴克士郡。

　　　　　费了好大劲才约上的……

艾米丽　我知道，我知道。

　　　　　我有点恐慌。艾萨克是大人物。

阿米尔　他一定会爱上你的作品。

艾米丽　莫特怎么样?

阿米尔　沉迷于相信冥想能降低他的胆固醇。

艾米丽　几百年没见着他了。

阿米尔　我都很少能见着他。他几乎不怎么来上班。偶尔出现，最多也就待上几小时。

艾米丽　当老板真好。

阿米尔　我想说，基本上，是我在干他的活儿。我不介意。

艾米丽　他爱死你了。

阿米尔　他得指望我。

艾米丽　好吧。

　　　　他给你买的生日礼物我都不知道得花多少钱。

阿米尔　至少几千块。

艾米丽　搞笑吧。

阿米尔　亲爱的，我真的差不多就在替他当老板。

艾米丽　所以他送你书。要不就是苏格兰威士忌。要不就请你吃晚餐。

　　　　他为什么要送你湿婆雕像？

　　　　（停顿）

　　　　他不会以为你是印度教徒吧？

阿米尔　他好像提过那么一次……

　　　　你知道我最终能把自己名字加到律所大名上吧？

艾米丽　莱博维茨、伯恩斯坦、哈里斯及卡普尔。

阿米尔　我妈的棺材板都要压不住了……

艾米丽　你妈会为你骄傲的。

阿米尔　卡普尔不是家族姓氏，所以她可能也不在乎，看到我名字出现在一堆犹太姓氏后面……

　　　　厨房传来对讲机响起的声音。

　　　　阿米尔望过去，有些意外。艾米丽放下铅笔。向厨房走去。

艾米丽　是亚伯。

阿米尔　（惊讶）亚伯？

艾米丽　（消失在厨房里）你外甥？

阿米尔　哦，好吧。等等……

艾米丽　（冲着对讲机，在演区外）喂？

　　　　让他上来吧。

　　　　艾米丽返回演区……

阿米尔　你就不能让这事儿过去，是吗？

艾米丽　我不喜欢事情搞成这样。总得有人做点什么。

阿米尔　我去监狱见过那人了。你们俩还想怎么样？

　　　　门外有人敲门。

　　　　阿米尔穿上裤子，走过去开门。

　　　　他打开门。见到了……

　　　　亚伯——二十二岁，南亚血统。但像美国人一样美国化。充满活力，讨人喜爱。他穿着件凯罗伯①T恤，外面穿着卫衣，紧身牛仔裤，高帮球鞋。

　　　　阿米尔正系着腰带。

亚　伯　（看了看艾米丽，转头对阿米尔）我待会儿再来？

阿米尔　不用，不用。

亚　伯　你确定？

阿米尔　是啊。确定。进来吧，侯赛因。

---

① 凯罗伯（Kidrobot），2002年创立的玩具及服装品牌，总部位于美国迈阿密。凯罗伯的收藏玩具、服装等融合了美国街头文化与艺术风格，深受广大美国青年的喜爱。

亚　伯　舅舅。

阿米尔　怎么了？

亚　伯　你就不能叫我——

阿米尔　（整理思绪）你这一辈子我都叫你侯赛因。我不会现在开始叫你亚伯。

亚伯摇了摇头。转向艾米丽。

艾米丽　嗨，亚伯。

亚　伯　嗨，艾米丽舅妈。

亚伯转头看阿米尔，轻松愉快。

亚　伯　（指了指）看见了吗？能有多难？

阿米尔　亚伯·詹森？

真的吗？

亚　伯　你知道自从我改名以后，我的生活有多轻松吗？《古兰经》里写了。说如果必要的话，你可以隐藏自己的信仰。

阿米尔　我没在说《古兰经》。我在说你管自己叫亚伯·詹森。至少在我和你爸妈面前别搞那一套。

亚　伯　不是这样，就是那样。我没法全混在一起。

艾米丽　（打断阿米尔）阿米尔，你也改了自己名字。

亚　伯　你运气好。

你不用改姓氏。

听着可以像是基督徒。犹太人。

况且，你在这里出生。不一样。

艾米丽　你想喝点什么吗，亲爱的？咖啡，果汁？

亚　伯　不了。不想喝。

阿米尔　说吧，什么事儿？

艾米丽　你们两位男士聊吧。

阿米尔　没必要。谁都知道你参与这事儿了。

（对亚伯）

所以你又给她打电话了？

亚　伯　你不回我电话。

阿米尔　我们为什么还在聊这些？

我是个企业律师。专业是兼并和收购——

艾米丽　但是以公设辩护律师入行的——

阿米尔　那是好多年前了。

（停顿）

那个人应该谨慎些……

亚　伯　法里德伊玛目[1]什么都没干。

这国家的每座教堂都募款。这样才能维持运转。我们

---

[1] 伊玛目，阿拉伯语本义为领袖、师表、表率、楷模、祈祷主持。逊尼派中该词亦为此意，是伊斯兰教集体礼拜时在众人前面率众礼拜者。在什叶派中，伊玛目代表教长，即人和真主之间的中介，有特别神圣的意义。《古兰经》中的隐义，只有通过伊玛目的秘传，信众才能知其奥义。

也有权利募款。

他在运营一座清真寺——

艾米丽 他有这权利。

仅仅募款并不意味着他们在支持哈马斯①。

阿米尔 这些事儿跟我有什么关系？

艾米丽 一个无辜之人蹲在监狱里，这跟你无关吗？

阿米尔 我不了解《爱国者法案》②。那人已经有法律团队了。肯和亚历克斯那些家伙很能干的。

亚　伯 他们不是穆斯林。

阿米尔 又来了。

亚　伯 怎么了？

阿米尔 我是这么想的。

我不会因为你的伊玛目是个偏执狂就加入他的法律团队。

亚　伯 他不是偏执狂。他只是觉得如果律师里能有个穆斯

---

① 哈马斯，"伊斯兰抵抗运动"的简称。一个集宗教性、政治性为一体的组织，拥有自己的武装力量。哈马斯被以色列、美国、加拿大、欧盟、约旦、埃及和日本定性为恐怖组织。而其他一部分国家，如伊朗、俄罗斯、土耳其和多数阿拉伯国家并没有将之视为恐怖组织，而是承认其抵抗组织身份。

② 《爱国者法案》，2001年由时任美国总统乔治·布什签署颁布的国会法案，该法案延伸了恐怖主义的定义，同时扩大了警察机关可管理的活动范围。由于涉及美国公民隐私，该法案受到许多争议。

　　　　　林，他会感觉更舒服……

阿米尔　如果他不是被一群犹太人代理他就感觉更舒服？

亚　伯　不是。

阿米尔　真的吗？

亚　伯　（停顿）他喜欢你。他说你是个好人。

阿米尔　行吧，要是他知道我到底是如何看待他的信仰的，他可能就不会这么想了。

亚　伯　（口气随意地）这只是个阶段。

阿米尔　（惊讶地）你说什么？

亚　伯　我妈说外婆曾经就是那么说你的。说你在解决你的问题。你还是个孩子时是个特别好的穆斯林。你只是在一段时间里不得不走上另一条路。

阿米尔　（目瞪口呆）另一条路？

　　　　　（思索片刻）

　　　　　坐下，侯赛因。我想告诉你一些事。

亚　伯　那就说吧。

阿米尔　不。我想让你坐下。

　　　　　亚伯坐下。

阿米尔　你第一次心动是什么时候？

亚　伯　我以为你是想告诉我一些事。

阿米尔　就要讲到了。

　　　　　你第一次心动……

蒙　辱　　　　　　　　　　　　　　　　　　　　　　　　021

亚　伯　（瞥了一眼艾米丽）嗯……

五年级。一个叫纳斯里玛的女孩……

阿米尔　我是六年级。

她叫里芙卡。

艾米丽　我以为你第一次心动对象是苏珊。

阿米尔　苏珊是我吻过的第一个女孩。里芙卡是第一个我早上一起床就会想到的女孩。有一次她请假一周去迪士尼乐园玩儿，我简直失魂落魄。想到去学校见不到她，我就不想上学。

（回忆着）

她很漂亮。深色头发，深色眼睛。有酒窝。完美的白皮肤。

艾米丽　你怎么从来没跟我提起过她？

阿米尔　我不想让你恨我妈……

（避开艾米丽困惑的眼神）

等一等……

（转回对着亚伯）

里芙卡和我发展到了交换小纸条的阶段。有一天，我妈发现了其中一张纸条。

当然了，上面签着名，里芙卡。

里芙卡？我妈说，是个犹太名。

（停顿）

那时我并不清楚犹太人到底意味什么,只知道他们从巴勒斯坦人手里偷走了土地,以及上帝如何恨他们胜过恨其他任何种族……

我无法想象上帝会恨这样一个小女孩。

我告诉我妈,不,她不是犹太人。

但我妈知道那是个犹太名。

如果我再在这个家里听到那个名字,阿米尔,她说,我就打断你的骨头。你别想跟犹太人在一起,除非我死了。

然后她往我脸上啐了口水。

艾米丽 天哪。

阿米尔 这样你就永远不会忘了,她说。

第二天?

里芙卡在学校大堂冲我走过来,手里拿着张纸条。

嗨,阿米尔,她说道。两眼闪闪发亮。

我看着她说,你有犹太人的名字。

她笑了。是啊,我是犹太人,她说。

(停顿)

然后我往她脸上吐了口水。

艾米丽 太可怕了。

亚 伯 唉。太糟糕了。

阿米尔 所以现在,要是我姐姐再跟你说什么这条路和另一条路这种话，你更能理解我到底经历了什么样的阶段吧……

是获得智慧的阶段。

停顿。

艾米丽　我很惊讶。

阿米尔　对什么？

艾米丽　不好说。你妈对我很宽容……

阿米尔　这么说吧，我非常明确地跟她表态，不要找你麻烦。

艾米丽　我以为她喜欢我。

亚　伯　我也这么觉得。

艾米丽　她临终前还吻了我。

阿米尔　你赢得了她的心。你心胸开阔、亲切可爱。

艾米丽　你说得好像这些都是某种斗争似的。

阿米尔　好吧……

艾米丽　对抗什么呢？

阿米尔　白种女人没有自尊。

如果一个人觉得必须脱掉衣服才能让别人喜欢自己，这种人怎么会有自尊呢？

她们是荡妇。

艾米丽　你在说什么？

阿米尔　他们都这样说白种女人——

亚　伯　（插话）不是每个人都那么说。

阿米尔　你听没听过这种话?

亚　伯　听过。

阿米尔　不止一次?

亚　伯　是。

阿米尔　你妈也说过?

亚伯点头。

阿米尔　陈词完毕。

停顿。

亚　伯　法里德伊玛目不是那样的。如果你多了解他一点,就会明白。实际上他跟你是一种人。每个月,我们会做一次囊括各种宗教的周五祷告。

艾米丽　而且——他允许我每天坐在他的清真寺里画素描,画了好几周。

阿米尔　他可能是希望你能皈依。谁知道呢,你有可能会的。

艾米丽　别这么不屑一顾。

阿米尔　我无法理解你能从其中看到什么。

艾米丽　从哪里?

阿米尔　伊斯兰教?

艾米丽　咱们在科尔多瓦①的清真寺那次……还记得吗? 那些柱

---

① 科尔多瓦,西班牙南部城市,拥有大量文化古迹。曾为中世纪阿拉伯科尔多瓦哈里发国所在地,成为东西方之间的文化桥梁。

子和拱门？

阿米尔 非常棒。

艾米丽 还记得你说了什么吗？

阿米尔 你肯定会提醒我。

艾米丽 你说看到它们让你很想做祷告。

阿米尔 那就是清真寺存在的意义，亲爱的。

艾米丽 还有你特别爱的那个马蒂斯①展览？他的灵感都来自莫卧儿人的袖珍画像。地毯画。摩洛哥瓷砖。

阿米尔 好吧。我明白了。

艾米丽 伊斯兰传统里有太多美好和智慧了。看看伊本·阿拉比②、穆拉·萨德拉③——

阿米尔 （突然打断）但问题是？不是只有美好和智慧。

停顿。

亚　伯 舅舅。如果你不愿意的话，不要把他当作穆斯林。就把他当作一个有智慧的人。一个有那么多人依赖着

---

① 马蒂斯（Matisse，1869—1954），法国画家、雕塑家、版画家，野兽派创始人及主要代表人物。使用大胆的色彩、不拘的线条是马蒂斯的风格。风趣的结构、鲜明的色彩及轻松的主题就是令他成名的特点，也使得他成为现代艺术最重要的人物之一。
② 伊本·阿拉比（Ibn Arabi，1165—1240），安达卢西亚的苏菲派神秘主义者、诗人及哲学家。
③ 穆拉·萨德拉（Mulla Sadra，约1571—1640），波斯萨法维帝国时期的伊斯兰教什叶派教义学家、圣训学家、哲学家。

的人。

阿米尔 我明白你意思,胡斯①。我真的明白。

亚　伯 那下周四来参加听证会吧。

阿米尔 下周四工作很多。

亚　伯 一个清白无辜的老人正蹲在监狱里。

阿米尔 (粗暴地)对此我无能为力。

艾米丽 亲爱的……

沉默。

亚　伯 也许我该走了。

阿米尔 我没想跟你发火……

亚　伯 考虑一下好吗?

阿米尔 好。可以。

亚伯抱了抱他的舅舅……

艾米丽 你还好吗,亲爱的?

亚　伯 还好。没事。

我真的得走了。

(亲吻艾米丽)

拜。

艾米丽 拜。

亚伯离开。

---

① 亚伯的阿拉伯名字"侯赛因"的昵称。

他一退场……

阿米尔　这永远能让我惊奇。我父母带着我姐姐搬到这个国家来,一直不让她入籍。等她年纪够大了呢?他们把她送回去,嫁到巴基斯坦。她跟那男人有了孩子,你再瞧瞧——他又想到这里来。他们来干什么呢?把全部闲余时间都耗在伊斯兰中心里。

艾米丽　他心地很善良,阿米尔。

阿米尔　是。我知道。

艾米丽　你的心呢?

阿米尔　你这话是什么意思?

艾米丽　(紧接上)我想说,要是你不在乎正义的话,为什么会去做公设辩护律师呢?

阿米尔　公设辩护律师能交到最性感的女朋友。

艾米丽　我愿意相信你心里某处是相信自己做过的事的。我不知道……

阿米尔　是……当然。

艾米丽　但一提到这个伊玛目,你又表现得毫不在意。

好像你不认为他也是个人。

阿米尔　你和侯赛因想让我去见他?我去了。

我去监狱里跟他聊了。那人花了一个小时尝试让我再次祷告。他已经在监狱关了四个月,却还是只想着——

艾米丽　(打断他)你告诉过我了。那又怎样呢?不就是一个除了尊严和信仰一无所有的人，在用他唯一理解的方式试着让自己有用吗？

我想说，如果他感觉需要一个同胞在身边——
阿米尔 我不是他的同胞。
艾米丽 你是。以一种独特的方式存在。那对他很有帮助。为什么你不明白呢？
阿米尔 咱们能别再谈这些了吗？
艾米丽 咱们从来不谈这些。没有真正谈过。

沉默。

阿米尔长久地凝视着妻子。某种情感萌发出来。
艾米丽 阿米尔。我爱你。

灯光熄灭。

第二场

两周后。

艾米丽坐在餐桌旁。一杯清晨咖啡,还有摊开的当日报纸,摆在她面前。

阿米尔站在她对面。

艾米丽 （读报纸）"被告人,被一大群律师围着,语气挑衅。他雄辩地讲述着自己所经受的不公待遇,他称之为'肆无忌惮地缺乏正当程序'。来自莱博维茨、伯恩斯坦及哈里斯律师事务所的阿米尔·卡普尔支持伊玛目,他表明:'众所周知,此案并不成立。如果司法部门有案要诉,那现在就该想想如何立案了。'"

（停顿）

我觉得你看起来不像辩护律师。

阿米尔 那是因为你知道我不是。

艾米丽 那是因为报上没说你是。

阿米尔 （拿过报纸）"被告人,被一大群律师围着,语气挑衅。"接着她就引用了律师的话。我的话。暗示我是律师团的一员。她没引用其他律师的话。

艾米丽 但她写了你只是在支持他。

阿米尔 　我没看到只是。没写只是在支持他。

艾米丽 　是那意思。

阿米尔 　我认为这写得意思很清楚,我支持他语气挑衅。我在支持他挑衅。

艾米丽 　他没理由挑衅吗?

阿米尔 　那不是我的重点,艾姆①。

艾米丽 　或许那应该是。

阿米尔 　那人基本上被指控为恐怖分子。

(又看了眼报纸)

阿米尔·卡普尔支持伊玛目……

艾米丽 　就算这确实让你看上去——

阿米尔 　(跳起来)还真的是?

艾米丽 　我认为不是。但就算真的是,那为什么是件坏事呢?你的所作所为是正确的。你在捍卫正当程序。

阿米尔 　但这样……

艾米丽 　怎么了?

阿米尔 　你不觉得别人会去想……

(停顿)

我猜他们会看到我名字;如果他们有所了解——

艾米丽 　(抢话)阿米尔。

———————

① 艾米丽的昵称。

蒙　辱　　　　　　　　　　　　　　　　　　　　　　　　　031

阿米尔 ——他们就会知道这名字不是穆斯林。

停顿。

艾米丽 阿米尔。到底怎么回事?

（停顿）

要是你这么介意,打电话给《纽约时报》。让他们撤回。

阿米尔 但问题是,我确实说了这话。

艾米丽 （骄傲地）我记得。

阿米尔 但是在清楚表达了我不是辩护律师之后说的。

（停顿）

他们为什么非要提我的律所呢?

停顿。

艾米丽 宝贝。

你的所作所为是正确的。我非常为你骄傲。亚伯也是。你看着吧。莫特也会为你骄傲的。

阿米尔 我担心的不是莫特。

艾米丽 这对你的工作也会有好处。

阿米尔 有好处?

艾米丽 你看戈德曼[①]。

阿米尔 戈德曼?

---

① 戈德曼家族为著名投资银行高盛的创办者及拥有者。

艾米丽　高盛。

　　　　杰米？他对慈善事业可是非常上心……

阿米尔　你那个混蛋银行家前男友跟这事儿有什么关系？

艾米丽　事情不就是这么运转的吗？

　　　　你们这些人不就是用这种方式来掩盖你们世界里的每个人都一心只想着赚钱的吗？

阿米尔　我得走了。

　　　　（注意力还是陷在报纸上）

　　　　"……支持伊玛目……"

艾米丽　亲爱的，亲爱的。看着我。别这样。

　　　　对讲机响起。

　　　　突然安静。

艾米丽　是艾萨克。

阿米尔　（没留意艾米丽的变化）哦？

艾米丽　嗯，他来了。

阿米尔　好吧。

艾米丽　怎么了？

阿米尔　（厌烦地）没事。

艾米丽　你就想一直聊这个事儿吗？

阿米尔　我得走了。

艾米丽　你生我气了吗？

　　　　（停顿）

亲爱的，这是件大事儿。惠特尼美术馆的策展人来拜访我的工作室。

阿米尔　你觉得是谁促成的？

艾米丽　真的吗？现在说这个？咱们晚上再聊好吗？

阿米尔　（无礼地）没什么可聊的。

阿米尔退场走去卧室。

艾米丽走到对讲机前。

艾米丽　嗨。是的。让他上来吧。

（冲演区外，对阿米尔）

我敢肯定没人会注意那段。埋在后面呢……

阿米尔　（回到台上）别。

艾米丽　别什么？

阿米尔　我知道你心思不在这里。

艾米丽　我只是……我觉得你想太多了。

阿米尔　我就直说吧：某个服务员在餐馆里对我很混蛋，你就想去画幅画。但出现了真的有可能影响我生计的大事儿，你却不愿意相信那会是个问题。

艾米丽　这两件事到底有什么关系？

敲门声响起。

停顿。气氛紧张。

阿米尔翻了翻口袋。

阿米尔　我手机落在卧室了。

他再次退场。

艾米丽调整情绪,走向大门……

打开门,门口出现了……

艾萨克——四十岁,白人,衣装得体,有吸引力。惠特尼美术馆策展人。

艾萨克 嗨。

艾米丽 嗨。你还好吗?

艾萨克 非常好。

艾米丽 路好找吗?

艾萨克 从麦迪逊广场骑车上来很快就到了。没法更好找了。

我们听到演区外阿米尔在卧室里发出砰砰声响。他在找自己的手机。

艾米丽 阿米尔正要出门……

阿米尔重新上场。

他和艾米丽之间的紧张感仍然很明显。

阿米尔 艾萨克。

艾萨克 你好,先生。

阿米尔 很高兴见到你。

(停顿)

再次感谢周末在乡下的款待。

艾萨克 是我们的荣幸。

阿米尔 我——呃——得走了。上班迟到了。

艾萨克　你可能还是会比我妻子更早到。

阿米尔　向来如此。

（对艾米丽，口气冰冷）

回头见。

艾米丽　拜，亲爱的。

（对阿米尔，亲密地）

都会好的。你看着吧。

阿米尔退场。

停顿。

艾萨克　来得不是时候？

艾米丽　没。没。

艾萨克　你确定？

艾米丽　嗯。

艾萨克　我是说——好吧。

艾米丽　给你来杯咖啡、茶？

艾萨克　好啊。咖啡就很好。

艾米丽　加奶？糖？

艾萨克　黑咖啡就好。

艾米丽向厨房走去。

艾萨克留在台上。他看了看四周。或许带有侵入性的暗示。

他从书架上抽出一本书。

艾米丽拿着一只马克杯返回。

艾萨克 康斯特布尔①棒极了，对不对？

艾米丽 特爱他。

艾萨克 是我每年去弗里兹②都爱干的事儿之一。去泰特美术馆看康斯特布尔，我的小小朝圣之旅。

（把书放回去）

你去过吗？

艾米丽 泰特，去过。

弗里兹，没去过。不过我的代理人建议我今年去。

艾萨克接过马克杯。

艾萨克 谢谢。

我花了不少时间琢磨咱们上周末的讨论。

艾米丽 关于我作为白人女性无权使用伊斯兰艺术形式？

我认为你的观点不对。

艾萨克 我也认为我的观点可能不对。

停顿。

艾米丽 发生什么了？

艾萨克 哦，我在网上找到了一些你作品的图片。

---

① 约翰·康斯特布尔（John Constable，1776—1837），英国著名画家，十九世纪英国最伟大的风景画家。
② 指弗里兹艺术博览会，2003年创办于英国伦敦的全球知名艺术博览会。

艾米丽　你读了杰里的评论。

艾萨克　是，我读了。

　　　　我不是总能赞同杰里的看法。但他的话确实有些令人信服之处……

　　　　（转过去看壁炉上方挂着的画）

　　　　这就是你想让我看的那幅画吗？

艾米丽　在我家的是这幅。

　　　　工作室里还有更多。

　　　　艾萨克长久地审视着画作。

艾萨克　嗯……

　　　　我不得不承认……

　　　　它呈现出……

　　　　（向后退了几步，打量着）

　　　　画作表面趋向于凸出……

　　　　画作的平面被弯曲了，是不是？

艾米丽　正是。

艾萨克　这就是为什么杰里会提到波纳尔①的晚期作品。

艾米丽　安达卢西亚的镶嵌画早于波纳尔四百年就使用了弯曲画作平面的技术。这就是我的意思。这就是我在表达

---

① 波纳尔（Pierre Bonnard, 1867—1947），纳比派代表画家。波纳尔以色彩而闻名，被誉为二十世纪最伟大的色彩画家之一。

的。穆斯林带给我们亚里士多德。没有他们，我们甚至有可能没有视觉的观念。

艾萨克　一个很强烈的观点。

艾米丽　并且我能够证明。

（停顿，随后留意到艾萨克的反应）

怎么了？

艾萨克　不好说……

它太真诚了。缺少讽刺。不太常见……

艾米丽　讽刺被高估了。

艾萨克　不能说我不赞成这想法。

艾米丽　但是？

艾萨克　你知道你会被指责为……

（打破艾米丽的沉默）

东方主义……

对吧，见鬼。你甚至嫁了个棕色人种的丈夫。

艾米丽　去你妈的，我想说。

停顿。

艾萨克　很好。

因为那些人就会这样评价你。

停顿。

艾米丽　好吧。唉，我们都太过分沉迷于光学了。只从这种方式去谈论创作。我们忘记了该去看清事物的真正本质。

（停顿）

今年秋天去弗里兹时，看完康斯特布尔，你得去一下维多利亚和阿尔伯特美术馆。伊斯兰艺术展厅。42号房间。记住了。会改变你看待艺术的方式。

艾萨克 （热情地）听听他们的挑衅。

停顿。

艾米丽 知道伊斯兰瓷砖画的传统吗，艾萨克？那是通往最非凡的自由之门。唯有深刻的谦恭才能实现。对我而言，那当然不是对伊斯兰教的谦恭，而是对形式语言的谦恭。对图案。对重复。而这种创作需要我沉静于此。这感觉无与伦比。

艾萨克 你听起来像中世纪的美国极简主义者，试图消除自我。

艾米丽 伊斯兰传统一千年来都是如此。请原谅我认为他们或许处理得更好。

（停顿）

我们是时候觉醒了。是时候不要再对伊斯兰教和伊斯兰艺术只是嘴上夸夸就算了。我们吸收了希腊人和罗马人的艺术……但伊斯兰教也是我们的一部分。难道不该有人提醒我们这一点吗？

艾萨克 哈。

艾米丽　怎么?
艾萨克　没事,说得很好。
艾米丽　好吧。

　　　　　　　　灯光熄灭。

第三场

三个月后。

灯光亮起。阿米尔,站在露台上。手里拿着一杯酒。

他喝酒。又喝了一口。他凝视着酒杯底部。怒火中烧。

停顿。

猛然间,他把酒杯砸在露台地板上。碎片纷飞。

停顿。

这突然爆发的暴力看起来并未能抚慰他的情绪。他走进房间。走到吧台找到一只杯子,又倒了一杯酒。

终于,我们听到——钥匙转动的声音……

门打开,艾米丽拿着购物袋走进来。

艾米丽　嘿,亲爱的。

阿米尔　嘿。

　　　　你去哪儿了?

艾米丽　美食仓库商店。买了点东西。为今晚做准备。

阿米尔　今晚?

艾米丽　艾萨克和乔里。你没忘吧?

阿米尔　怪不得家里有股香味儿。

艾米丽　我做了猪里脊。你猜怎么着……

（从袋子里拽出什么东西）

……他们有拉图尔奶酪！还有你特别爱的肝酱慕斯。

阿米尔　挺好。

艾米丽　不可能是坏消息，对吧？"我来你家吃你做的饭，然后告诉你展览里没有你。"没人那么干，对吧？

阿米尔　所以你进了展览。

艾米丽　天哪，我希望是。

艾米丽走近他。很性感。

阿米尔　亲爱的。

艾米丽　怎么了？

阿米尔　我们谈过这个。

（停顿）

这样没有帮助。

艾米丽　我想你，阿米尔。

阿米尔　我知道。

停顿。

艾米丽　我猜你忘记买酒了。

阿米尔　是忘了。对不起。

艾米丽　阿米尔。

阿米尔　我说了对不起。

停顿。

艾米丽　出什么事儿了？

阿米尔　没事。

艾米丽　肯定有事。

停顿。

阿米尔　今天几个合伙人跟我开了个会。要是能把那场谈话称为开会的话。我正在自己办公室里,修订一份六点要交的合同。斯蒂文进来了。还有杰克。他们坐下。问我父母在哪里出生。

艾米丽　巴基斯坦。

阿米尔　我说是印度。

当初我进律所时在表格上那么填的。

艾米丽　为什么?

阿米尔　我爸出生时,严格来讲,那就是印度。

艾米丽　好吧。

阿米尔　但你列出来的那些城市不在印度,斯蒂文说,它们在巴基斯坦。

我父亲1946年出生。那时候那里还是一个国家,直到英国1947年把它切成了两个国家。

那你母亲是什么时候出生的?

1948年。

那时那里已经不再是印度了,对吧?是巴基斯坦了?

我时间所剩不多了,却要浪费时间在他妈的历史课上。

结果发现，斯蒂文试图确认我的简历是不是有不合事实的地方。

艾米丽 听起来确实有。

阿米尔 那里曾经都是印度。现在有了不同的名字。又怎么样呢？

（停顿）

他知道我改过名字。你原本的姓氏不是卡普尔，斯蒂文说，是阿卜杜拉。你为什么改了名字？

艾米丽 他原来不知道吗？

阿米尔 我从没跟他们提过。

艾米丽 他们肯定做了背景调查。

阿米尔 我——呃——把我的社会保险号码也改了。改名字时一起改了。

艾米丽 你改了？

阿米尔 是。在我遇到你之前。

艾米丽 那合法吗？

阿米尔 大家一直都这么干。如果有人遇到身份被盗用的情况。

斯蒂文肯定四处调查过了。他对我有敌意。我就知道不该去参加那场听证会。

艾米丽 那都是好几个月前了。那事儿跟这些有什么关系？

阿米尔 关系大了，亲爱的。关系大了。

停顿。

艾米丽 你跟莫特谈过这事儿吗?

阿米尔 我联系不上他。

对讲机响起。

艾米丽 稍等下。几点了?

阿米尔 （查看手表）七点十分。

艾米丽 他们怎么这就来了?

我还没备好菜呢。

阿米尔 去准备吧。我去开门。

阿米尔向厨房走去。

阿米尔 （在演区外，冲着对讲机）喂?

让他们上来吧。

艾米丽 （阿米尔再次出现）你能应付吗?

阿米尔 我没事。

艾米丽 你确定?

阿米尔 确定。去吧。

艾米丽 你能把开胃小菜端出来吗? 就在厨房的台面上。

阿米尔 我去端。

艾米丽退场。

阿米尔走到大门前。扭动门闩撑开大门。随后拿起购物袋走进厨房。

我们听到门外一阵嘈杂声。随后大门慢慢打开。

女人声音 阿米尔?

  此时阿米尔出现——

阿米尔 快请进,乔。

  走进来:

  乔里——三十五岁到四十岁之间,非裔美国人——强势、直率、智慧。几乎有些男性化。

  我们之前已经见过艾萨克了。

  阿米尔迎向他们,两人都脱掉外套。

艾萨克 (握手)很高兴再见到你。

阿米尔 也很高兴见到你。

乔　里 嘿,阿米尔。

阿米尔 嗨,乔里。

  我们不是说好七点半吗?

艾萨克 我很确定她说的是七点。

乔　里 (对艾萨克)就跟你说吧。

阿米尔 她还在准备菜呢。

乔　里 没关系。

阿米尔 正好能多喝几杯,对吧?

乔　里 (展示一个盒子)我们带了甜品。

阿米尔 木兰烘焙店? 谢谢。

乔　里 (走开)这得放进冰箱里。

艾萨克　（对阿米尔）我昨晚去看尼克斯①比赛了。

阿米尔　你去看了？

艾萨克　你不是尼克斯球迷吗？

阿米尔　很不好意思这么说。

艾萨克　没什么丢脸的。

阿米尔　不丢脸。但很痛苦。

艾萨克　我是小熊队②球迷。就别跟我提痛苦了。

　　　　乔里返回，听到：

阿米尔　哦，巴特曼③。

艾萨克　你看，我不认为他该被杀死。

　　　　但我有些朋友觉得他……

阿米尔　杀死？

乔　里　谁是巴特曼？

---

① 尼克斯，美国纽约的职业篮球队。
② 芝加哥小熊队，美国职棒大联盟（MLB）的一支球队，有超过100年的历史，球迷广泛分布于美国各地，却有超过100年未获得世界大赛冠军，是大联盟中连续未获冠军时间最长的球队。截至本剧首演时的2012年，该队仍未获得冠军。直到2016年，小熊队经过108年的等待终于获得了世界大赛冠军。
③ 巴特曼事件：2003年10月14日，美国职棒大联盟冠军赛第六站中，小熊队主场迎战佛罗里达马林鱼队，在一次关键投球中，一个界外球飞到内野左侧角落靠近观众席时，被坐在观众席上的小熊队球迷史蒂夫·巴特曼抢在外场手球员之前将球拨开。这一失球导致小熊队被马林鱼队逆转，未能挺进当年世界大赛。巴特曼因此受到小熊队球迷长期的指责和威胁。

艾萨克　亲爱的。

阿米尔　那个从小熊队外场手手里偷到球的球迷……

艾萨克　摩伊希斯·阿鲁①。第八局。

阿米尔　阻止了小熊队进军世界大赛。

艾萨克　（对乔里）你不记得这事儿了吗?

乔　里　想起来一点儿。

　　　　（停顿）

　　　　屋里好香啊。

阿米尔　艾姆在做猪里脊。

　　　　（对艾萨克）

　　　　你吃猪肉，对吧?②

乔　里　一找到机会，他就要吃……

艾萨克　得好好弥补没吃上的那些年月……

　　　　我能用一下卫生间吗?

阿米尔　走廊往里走，右手边。

艾萨克　我记得。

　　　　艾萨克穿过客厅走向走廊。退场。

阿米尔　喝点什么?

---

① 摩伊希斯·阿鲁，巴特曼事件中未能接到那一关键球的小熊队外场手。
② 艾萨克是犹太人，在犹太信仰中，猪作为不反刍的动物是不洁净的，信仰要求不能吃猪肉。

乔　里　有苏格兰威士忌吗?

阿米尔　你送我的那瓶麦卡伦还没喝呢。

乔　里　我对你的期望可是很高的，阿米尔。

阿米尔　我们今晚就喝光它。

　　　　加冰块?

乔　里　不加。

阿米尔　你还真是没开玩笑。

阿米尔开始准备酒饮……

乔　里　你听说萨拉那事儿了吗?

阿米尔　她怎么了?

乔　里　她把她的小猎犬弄回来了。

阿米尔　怎么弄的?

乔　里　她雇了个小狗调查员，把狗从弗兰克那儿绑架回来了。

阿米尔　老天。

乔　里　弗兰克要起诉她。

阿米尔　告她什么呢?

乔　里　就是想搅得她日子不安生。

阿米尔　这两人。

乔　里　可不是嘛。

　　　　（从阿米尔手里接过酒）

　　　　她和我还在法院撞见弗兰克了。

阿米尔　哦，你今天去开庭了?

乔　里　代诉保险仲裁。

阿米尔　进展如何？

乔　里　不错。我们现在就是绕着数字转圈圈。他们必须付钱，他们也知道。他们只是需要一点时间来接受这个现实。

阿米尔　莫特去了吗？

乔　里　斯蒂文接手了。现在他让我负责这案子。

阿米尔　但代诉是莫特的活儿。

乔　里　以前是。

阿米尔　还真是一点不惊讶。

乔　里　莫特可不想烦神。更愿意冥想。

阿米尔　是啊，就不用吃立普妥①了。

乔　里　你知道他请我吃午饭，然后想教我冥想吗？我还真试了几回。结果长了五磅肉。我一直不停地想着食物。这让我很沮丧，我放弃了，然后大吃特吃。

阿米尔　瑞士信贷给你的职位怎么样了？

乔　里　我不会去。

阿米尔　他们不是又加了两百回来找你吗？

乔　里　是啊。

---

① 立普妥，辉瑞公司研发的降脂药，用于治疗高胆固醇、糖尿病、症状性动脉粥样硬化性疾病等。

阿米尔　我就跟你说那招儿有用。

乔　里　你说得对。

阿米尔　但我不认为你还能拿到更多……

　　　　停顿。

乔　里　合伙人劝我留下。

阿米尔　他们给你涨的钱应该不会超过两百。

乔　里　我已经在这儿扎下根了。

　　　　停顿。

阿米尔　卡普尔，布拉思韦特①。

乔　里　什么？

阿米尔　你和我。自己干。开我们的律所。

　　　　斯蒂文和莫特通过低价竞争抢到了先机。在他们刚起步的时候。

乔　里　是啊，市中心的白人盎格鲁-撒克逊新教徒不想接兼并和收购的活儿。

阿米尔　是啊，没错。所以犹太人去干。紧接着，兼并和收购成了最抢手的生意。像斯蒂文和莫特这样的家伙变成了掌权者。

　　　　我们是新犹太人。

乔　里　好吧……

---

① 乔里的姓氏。

阿米尔　要是我们找对路子？只要花上这家律所用的四分之一的时间就能做到他们现在的规模。

乔　里　你是忽然想到这个的吗？

阿米尔　今天下午想到的。

这家律所永远不会属于我们。是他们的。他们总在提醒我们，咱们只是被邀请来参加派对的。

乔　里　我不觉得这是个坏主意。

（停顿）

阿米尔——

此时……

……艾萨克从卫生间走回来，手里拿着一本书。

艾萨克　谁在读这书？

……抱歉，我打断你们了吗？

乔　里　这个嘛……

阿米尔　就聊聊购物。

此时，艾米丽走进来，看上去很可爱。

艾米丽　真是太抱歉了。

（对乔里）

很高兴见到你。

乔　里　也很高兴见到你。

艾萨克　嘿，艾姆。

艾米丽　嗨，艾萨克。

艾萨克　对不起，我以为说的是七点。

艾米丽　你看，只要你们不介意等一会儿再吃晚餐……

阿米尔　亲爱的，他们从木兰买了纸杯蛋糕。

乔　里　其实是香蕉布丁。

艾米丽　哦，天哪。我最爱那个了。

乔　里　它就像毒品。

阿米尔　你想喝点什么，艾萨克？

艾萨克　苏格兰威士忌就好。加冰块……

阿米尔　亲爱的？

艾米丽　波特酒。

乔　里　波特酒？饭前就喝？

艾米丽　我知道我很奇怪。我就是特别爱喝这酒……

阿米尔开始准备各种酒饮。

艾萨克　（对艾米丽）所以是谁在读《拒斥死亡》[①]？

艾米丽　我在读。自打你推荐了。

阿米尔　（对艾萨克）她对这书赞不绝口。

艾萨克　现在人们还记得这本书的唯一原因，是电影《安妮·霍尔》里伍迪·艾伦在第一次约会时送了这书给黛安·基顿。他告诉她："你需要知道的关于我的一切都在这书

---

① 《拒斥死亡》(*The Denial of Death*)，美国文化人类学家恩斯特·贝克尔（Ernest Becker）出版于1973年的书籍，讨论了人和文化对死亡概念的反应所产生的心理及哲学意义。

里了。"

阿米尔　拒斥死亡。

乔　里　（对艾萨克）你也该给我推荐一下。

艾萨克　是吗?

是吗?

这本书非常棒。实际上，我是从这本书里找到了新展览名字的灵感……

阿米尔　名字是什么?

阿米尔递过来酒饮。

艾萨克　名字是……好吧，首先让我这么说——

一代又一代人陷入消费主义和犬儒主义。

乔　里　（插话）找个舒服的地方坐好吧。

艾萨克　（继续）……而艺术市场也在助长这种狂热。但事情在发生变化。一群不再对此买账的青年艺术家在发起一项运动。

他们提出这样的问题——如何令艺术再次变得神圣。这是他们为自己设立的不可能完成的英雄式任务。因此我把展览命名为……

（示意乔里先不要批评）

"不可能的英雄"。

（留意到乔里的反应）

她不喜欢。

乔　里　听起来像《安德森·库珀360》①节目里的一个片段。

阿米尔　讲残疾人运动员的。

乔　里　不可能的英雄。

艾萨克　很好笑。

　　　　你觉得呢，艾姆？你怎么看这个标题？毕竟，现在这也是你的展览……

　　　　停顿。

艾米丽　你在开玩笑吗？

艾萨克　你基于伊斯兰传统而做的创作很重要，也很新颖。它需要被看到。被广泛看到。

艾米丽　艾萨克，这太棒了。谢谢你。非常感谢你。

　　　　接踵而至的祝贺叠加在一起……

乔　里　恭喜你，艾米丽。

艾米丽　谢谢你。

阿米尔　太棒了。我真为你骄傲，亲爱的。

艾萨克　（举起酒杯）该干一杯。祝——

阿米尔　（插话）祝贺你的展览。也祝贺艾米丽参展。

所有人　干杯……

　　　　所有人饮下酒。

---

① 美国有线电视新闻网（CNN）新闻主播安德森·库珀主持的一档新闻节目。

阿米尔　所以……有多少?

艾萨克　什么?

阿米尔　有几幅她的画?

艾米丽　我丈夫就这样。总在谈论数字。

艾萨克　我预留了四到五幅画的空间。

阿米尔　五幅。听起来很棒。

　　　　笑声。

艾萨克　（指着壁炉上方的油画）我绝对想要那一幅。还有我在工作室里看过的几幅。我也在考虑《研习委拉斯开兹的摩尔人之后》那幅。但我不是很确定……

乔　里　摩尔人?

　　　　有段时间没听到这词了。

艾米丽　几个月前我画了一幅阿米尔的肖像……

　　　　在我们遇到一段小插曲之后……

　　　　艾米丽留意到阿米尔对她提起这个故事的反应，她转换了话题……

艾米丽　那时我刚去过大都会博物馆，看到了那幅委拉斯开兹的画作。

　　　　艾米丽走到角落的书架前。

乔　里　哪一幅?

艾米丽　《胡安·德·佩雷加肖像》——他刚好有摩尔人的血统。

　　　　（拿着书返回）

这是画像原作。

乔　里　（辨认着）哦。当然。

艾米丽　我那幅画是研习了委拉斯开兹之后创作的。我使用了跟他相同的颜色、相同的构图。但画的是阿米尔的肖像。

阿米尔　你个人专有的摩尔人。

艾米丽　更像是缪斯……

艾萨克　我想我还是都选你的抽象画吧。巩固对你创作的统一印象。但我很受诱惑。我想说，那是幅令人惊叹的肖像画。向你致敬，阿米尔，如果你问我……

阿米尔　你这样认为？

艾萨克　穿着你的黑色西服站在那里。银色袖扣。完美熨烫的百合白色西服衬衫……

（对艾米丽）

……颜色渲染是如此卓越。你几乎能闻到衬衫上浆粉的气味。

阿米尔　没有浆粉，艾萨克。只是可笑的纱线支数。

乔　里　办公室里大家总在议论你的衬衫。

阿米尔　真的吗？

乔　里　萨拉取笑你肯定把赚来的一半钱都花在衬衫上了。

艾米丽　也差不太多了。只买夏尔凡①的。

---

① 夏尔凡，知名衬衫品牌，1838年创立于法国巴黎。

乔　里　那些衬衫要多少钱?

　　　　阿米尔似乎不太想回答。

艾米丽　六百。

乔　里　美元?

艾萨克　你站在那儿,穿着六百美元的夏尔凡衬衫,就像委拉斯开兹那穿着蕾丝衣领的出色学徒-奴隶一样,被这个世界的华丽事物装点着,现在你明显已是其中一分子……

　　　　然而……

阿米尔　怎么?

艾萨克　问题依然存在。

阿米尔　问题?

艾萨克　关于你的位置。

　　　　当然,是对观看者来说。不是对你。

　　　　毕竟,这是幅画作……

　　　　停顿。

阿米尔　我喜欢她原来画的那些画。

艾萨克　那些风景画? 我不是很喜欢。

乔　里　艾萨克。

艾萨克　怎么了? 她也知道。我认为她向前看很明智。那对她来说不是个好方向。

阿米尔　我认为她的风景画非常好。

艾米丽　阿米尔……

阿米尔　怎么了？

艾米丽　我们俩都知道你为什么喜欢那些风景画。

乔　里　为什么？

艾米丽　因为它们跟伊斯兰没什么关系。

艾萨克　（抢在阿米尔讲话前）基于伊斯兰传统所做的创作让她提升到了另一个层次。

一位年轻的西方画家以伊斯兰文化为主题创作？不是讽刺，而是臣服？

这是个很不寻常且非凡的声明。

阿米尔　什么声明？

艾萨克　伊斯兰文化是富饶而具有普世性的。是我们能够从中汲取灵感的精神和艺术遗产的一部分。

（对艾米丽）

我很喜欢你在伦敦的发言。在弗里兹艺术博览会那次。关于谦恭和文艺复兴……

艾米丽　没错。正是从文艺复兴时期开始，我们的关注点从比自身更宏大的事物上转开。它将个体放在宇宙的中心，把个人的自我变成了一种崇拜。

艾萨克　没错。

艾米丽　这在伊斯兰传统中从未发生过。伊斯兰传统仍然与更加宽广的事物相联系，而不是局限于个体视角。

艾萨克　我要把这段话写进展册里。

艾米丽　别乱讲。

艾萨克　我说真的。你的前途一片光明。

我只是最早赶上派对的人。

艾米丽·休斯-卡普尔。一个将有一席之地的名字。

阿米尔　听听，听听。

举杯祝酒……

乔　里　卡普尔。

这个姓氏来自印度哪里？

停顿。

阿米尔　你为什么问这个？

乔　里　我说错话了？

阿米尔　没，没有……

斯蒂文今天来我办公室，问了我同样的问题。

乔　里　他这样问了？

尴尬的停顿。

艾米丽　你知道——这是个很常见的旁遮普①姓氏。

艾萨克　我后天要去德里。就在旁遮普省，对吧？

阿米尔　其实不是，但……在同一个国家……所以……有什么

---

① 旁遮普，位于巴基斯坦东部，人类最早的文明发祥地之一，孕育出印度河文明。1947年印度独立后，根据《印度独立协议》，旁遮普邦被分为两部分，西部属于巴基斯坦，东部属于印度。

蒙　辱

区别呢?

笑声。

艾米丽　你去德里做什么,艾萨克?

艾萨克　索蒂·西坎德屈尊邀请我参观他的工作室。

艾米丽　太令人激动了。我爱他的作品。

（对乔里）

你也去吗?

乔　里　以斯拉要上学。

艾萨克　乔里这么说是出于礼貌。不是因为以斯拉要上学。我有点……在坐飞机方面有点小问题。

乔　里　这是一种说法。

艾萨克　我讨厌坐飞机。

是种比较原始的情绪。

一想到不能双脚着地……就打开了我所有恐惧的大门——围绕着安全检查的种种歇斯底里只会让这种恐惧加深。

阿米尔　机场确实是场噩梦。

乔　里　现在又有了全新的吸引力。你不得不选择是跟安检员眉目传情还是被他们爱抚。

艾萨克　选爱抚。绝对。

乔　里　怎么一点都不意外呢?

艾萨克　这样还真能让我平静下来。

（对阿米尔）

你感觉怎么样？

阿米尔　什么？

艾萨克　机场安检。

（尴尬的停顿）

我是说，你们也听说过……

阿米尔　不知道。我都是直入主题。

艾米丽　他自愿接受检查。直接走到安检员面前，自投罗网。

乔　里　做什么？被搜身？

阿米尔　我知道他们在盯着我看。那可不是因为我长得像吉赛尔①。我想着干吗不让大家都更简单地解决这事儿呢……

乔　里　之前从没听说过有人那么干……

阿米尔　既然人们越来越恐惧长得像我这样的家伙，我们最终也会被人憎恶。

艾米丽　那些安检员非常努力地不要歧视任何人……

然后来了这么个家伙走到他们面前让他们来歧视……

阿米尔　纯粹的、十足的消极攻击。我妻子就这么想。

艾萨克　或许她有点道理。

乔　里　我认为这挺值得敬佩的，阿米尔。如果每个人都乐于

---

① 《吉赛尔》，法国作曲家阿道夫·亚当（Adolphe Adam）创作于1841年的芭蕾舞剧，浪漫主义芭蕾舞剧代表作，有"芭蕾之冠"的美誉。剧中天真、淳朴、美丽的女主角，名为吉赛尔。

提供帮助，世界会大有不同。

艾萨克　这是种族定性。

乔　里　亲爱的。我知道这是什么。

艾萨克　我无法想象如果是你经历这些，你也会愿意那样？

阿米尔　不是她经历这些。这就是关键。

乔　里　……很可能也不会是什么坐着轮椅的堪萨斯老奶奶。

阿米尔　下一次恐怖袭击可能就会来自或多或少长得像我这样的人。

艾米丽　我完全不同意。下次恐怖袭击会来自某个拿着他本不该持有的枪支的白人。

阿米尔　然后用枪指着长得像我这样的人。

艾米丽　不一定。

艾萨克　（对阿米尔）要是每个有中东血统的人都像你这么干……

阿米尔　怎样呢？

艾萨克　我想说，要是我们都习惯于这种……顺从？

那我们可能就会真的开始太过随意地猜疑……

阿米尔　所以你确实有所猜疑？

艾萨克　不是我，我就是这么一说——

阿米尔　你看。见鬼。我不怪你。

艾萨克　等会儿。什么意思？

艾米丽　（突然打断，对阿米尔）你能帮我倒杯波特酒吗？

艾米丽把她的杯子递给阿米尔。此时……

她的手机铃声响起——手机在咖啡桌上。

艾米丽看了下手机。没有接。

艾米丽 （对阿米尔）是亚伯。

阿米尔 亚伯？

艾米丽 你外甥。

阿米尔 他打给你做什么？

艾米丽 他有没有打给你但你不回电话？

阿米尔 有。

艾米丽 所以他就打给我了。

你得解决这事儿，亲爱的。

（对乔里和艾萨克）

你们饿了吗？

乔 里 快了。

艾米丽 （起身）我先给大家做道茴香沙拉开胃。

（对乔里）

你吃凤尾鱼吗？

乔 里 爱吃。我也爱茴香。

阿米尔 （倒了杯酒）她的茴香凤尾鱼沙拉很经典。他妈的经典。

乔 里 （对艾萨克，但在暗指阿米尔）看见了吗，亲爱的？

伴侣支持的典型案例。他从来不会恭维我的厨艺。

艾萨克 饭主要都是我做。

乔　里　因为我做的饭你不会表示任何喜爱。

艾萨克　你看看。你做的煎蛋卷很好吃。

乔　里　我都几百年没做过煎蛋卷了。

艾萨克　可能那就是它们最棒的地方。

艾米丽　（起身，向厨房走去）真不敢相信你会说这种话。

乔　里　（对艾米丽）需要帮把手吗？

艾米丽　谢谢你，乔里。来帮我一下吧。

艾萨克　别让她靠近食材。

艾米丽和乔里退场。

艾萨克　（对阿米尔）所以……

　　　　要是提到了什么敏感话题我很抱歉……

　　　　我是指，你跟艾米丽之间……

阿米尔　没有。

艾萨克　哦。

阿米尔　这不是秘密。艾姆和我对伊斯兰文化的看法不一样。

　　　　我认为那是……一种落后的思想。并且依然是。

艾萨克　你不觉得你的看法可能有点太宽泛了吗？

　　　　我想说，那可是世界上最伟大的精神传统之一。

阿米尔　让我猜猜。你在读鲁米[①]。

[①] 鲁米（Rumi，1207—1273），伊斯兰教苏菲派神秘主义诗人、教法学家，生活于十三纪塞尔柱帝国统治下的波斯。

艾萨克　阿米尔……

实际上。确实，我在读鲁米。他很伟大。但那不是我想说的。

你知道哈尼夫·赛义德吗？

阿米尔　不知道。

艾萨克　他是个雕塑家，一位穆斯林，很虔诚。他的作品是对信仰力量的惊人见证。他雕刻的那些巨大柱形雕像——

阿米尔　（打断）你读过《古兰经》吗，艾萨克？

艾萨克　我没有。

阿米尔　当谈到伊斯兰文化？巨大的柱形雕像并不重要……

此时艾米丽和乔里端着沙拉和碗走回来。

阿米尔　绘画也不重要。只有《古兰经》重要。

艾米丽　绘画不重要？

阿米尔　我不是那个意思。

艾米丽　那是什么意思呢？

阿米尔　亲爱的，你知道先知是如何评价绘画的吗？

艾米丽　我知道，阿米尔。

乔　里　他怎么说？

阿米尔　他说过，天使不会进入一间有绘画和/或狗的屋子。

乔　里　狗招谁惹谁了？

阿米尔　你想的跟我一样。

蒙　辱

艾萨克　每种宗教都有自己的癖好。我的祖先不喜欢龙虾。谁会不喜欢龙虾呢？你的重点是什么？

阿米尔　我的重点是，一小部分艺术家的创作，无论有多精彩，都无法反映穆斯林的心理。

艾萨克　穆斯林的心理？

阿米尔　伊斯兰文化源于沙漠。

　　　　源自一群思想强硬、生活艰苦的人。

　　　　他们把生活看作艰难和无情之事。

　　　　是必须去忍受之事……

乔　里　哈……

艾萨克　他们不是唯一在沙漠里煎熬了好几个世纪的人，阿米尔。不知道犹太人的心理对此怎么看，如果我们就用这个说法的话。

阿米尔　沙漠之痛。我能接受这个。

　　　　犹太人对此的反应是不同的。

　　　　他们反复、反复再反复地去考虑……

　　　　我的意思是，看看《塔木德》①。他们从一百种不同角度去看待事物，尝试与其博弈，让事情变得更容易，更适合生存……

---

① 《塔木德》，犹太教宗教文献，源于公元前二世纪至公元五世纪间，记录了犹太教律法、条例及传统。

乔　里　找到新法子去抱怨……

　　　　乔里轻声笑。

　　　　艾萨克瞥了她一眼。

阿米尔　不管犹太人怎么做，穆斯林都不会那样做。

　　　　他们不去思考，而是服从。

艾萨克　我明白那是什么意思。

　　　　你看，问题不在伊斯兰文化。而在伊斯兰法西斯主义。

艾米丽　大伙儿？吃沙拉？

阿米尔　马丁·艾米斯①，是吧？

艾萨克　还有希钦斯②。有一点他们说得没错……

乔　里　（插话）我饿死了。

阿米尔　你没读过《古兰经》，但你读过几个假装虔诚的英国地痞写的东西，就觉得自己了解伊斯兰文化了？

　　　　所有人向餐桌走去……

艾米丽　阿米尔……

阿米尔　怎么了？这不公平？如果他要拿《古兰经》作为反驳，那就很公平。

艾萨克　他说得有道理。我得读一读《古兰经》。

---

① 马丁·艾米斯（Martin Amis, 1949—2023），英国小说家、文学批评家。
② 希钦斯（Christopher Hitchens, 1949—2011），英国作家、记者、演讲家，卒于美国休斯敦，犹太裔。

艾米丽　（对艾萨克）你想要点鲜椒吗?

乔　里　我大学时勉强读过一点。能记住的只有愤怒。

阿米尔　谢谢。就像一封写给人类的漫长的恐吓信。

艾米丽　才不是呢!

（拿起鲜椒）

乔里要吗?

阿米尔　差不多就是。至少得允许我这么说……

艾米丽　我承认你所说的,《古兰经》认为人类是顽固和自私自利的——它也要求我们为此承担责任。我不认为这样说有什么错——

艾萨克　对于伊斯兰法西斯主义我想说的一点是,宗教本身和它的政治用途是有区别的。

阿米尔　艾萨克,在伊斯兰文化里,这两者没有区别。教会和国家是合一的。

乔　里　你是指清真寺和国家吧?

阿米尔　是的。谢谢你。

我想我们都反对那些把《圣经》当作宪法的人吧?

最后一个人的菜也上好了。所有人开始吃起来。

艾米丽　祝大家好胃口。

艾萨克　祝大家好胃口。

乔　里　嗯。真好吃。

阿米尔　我说什么来着,我说什么来着?

艾米丽　做法很简单。把所有食材切碎……

艾萨克　(看着自己的盘子)茴香、鲜椒、芹菜……

艾米丽　……胡萝卜、水萝卜……

艾萨克　这是什么?

艾米丽　嫩洋蓟……

乔　里　(插话)那些把《圣经》当作宪法的人和那些把宪法当作《圣经》的人,都让我搞不懂。我是说,试图搞清楚两百年前写下的文本到底是什么意思?就好像那能解决我们今时今日的问题似的?

艾米丽　比如那些有权合法持有武器的废话。那是1791年,同志们。

阿米尔　这就是我的重点。这正是我想表达的。亲爱的。

艾萨克　嗯。非常美味,艾姆。真的。

艾米丽　我在塞维利亚参加富布赖特项目时学会的这个菜谱。

艾萨克　我爱西班牙。我在潘普洛纳跟公牛赛跑过。

乔　里　你没有跟公牛赛跑过。

艾萨克　我看过别人跟公牛赛跑。激动人心。

阿米尔　我们是在巴塞罗那度的蜜月。

辣味香肠。海鲜饭。葡萄酒。

西班牙葡萄酒被大大低估了。

艾萨克　你瞧,这就是我的疑问了……

你说穆斯林很不一样。你就没有那么不一样。

你对美好生活的看法跟我一样。要不是因为《纽约时报》那篇文章,我都不会知道你是穆斯林。

停顿。

阿米尔　我不是穆斯林。我是叛教者。意味着我已经放弃了我的信仰。

艾萨克　(话音交叠)我知道"叛教者"这个词是什么意思。

乔　里　艾萨克?

阿米尔　那你是否也知道——根据《古兰经》——我将受到死亡的惩罚?

艾米丽　不是真的,阿米尔。

阿米尔　是,是真的。

艾米丽　你真的读过那段吗?

读过吗?

《古兰经》只是谴责放弃信仰,但没有指出具体的惩罚。是传统文化将那惩罚解释为死亡。

乔　里　真厉害……

艾米丽　他总是重复这话,我就去查了。毕竟,我有既得利益。

女人们笑了。

阿米尔　好吧。

那咱们来说说经文里确实写过的东西吧。

打老婆。

艾萨克　打老婆?

乔　里　真棒。把面包递给我好吗？

艾米丽　阿米尔，来真的？

阿米尔　（递去面包）天使加百列来到穆罕默德面前……

艾萨克　天使加百列？

阿米尔　（嘲弄的语气）没错。穆斯林相信《古兰经》就是这样传达给人类的。据称是天使加百列一字一句口述给穆罕默德的。

艾萨克　就像约瑟夫·史密斯①。摩门教②。

一位名叫玛拉米的天使降临纽约州北部，跟约瑟夫·史密斯交谈——

乔　里　是摩罗乃，亲爱的。不是玛拉米。

艾萨克　你确定？

乔　里　《南方公园》③里提过。

---

① 约瑟夫·史密斯（Joseph Smith Jr, 1805—1844），美国宗教领袖和耶稣基督后期圣徒教会的创始人。二十四岁时翻译《摩门经》，并在接下来的十四年中吸引了大量追随者，建立了城市及圣殿，创建了一种持续的宗教文化。
② 摩门教，一系列文化上相近的数个后期圣徒运动宗派的合称，其最大的宗派自称耶稣基督后期圣徒教会。耶稣基督后期圣徒教会也常被用来描述这个相信《摩门经》的信仰系统。
③ 《南方公园》，美国著名成人动画讽刺剧集，经常通过夸张扭曲的模仿来讽刺和嘲弄美国文化和社会时事，并因剧集中的粗口、黑色幽默和超现实情节而闻名。1997年开播，至今仍在播放，具有广泛的影响力。

停顿。

阿米尔 就像我刚说的……

天使加百列现身,教授穆罕默德这段经文。你知道那段,亲爱的。

我翻译一下吧……

男人有权掌控女人……

艾米丽 阿米尔?

阿米尔 (继续)

如果她们不服从……

跟她们谈谈。

如果没起作用……

别跟她们睡觉。

如果那还没起作用……

(转向艾米丽)

艾姆?

艾米丽 我可不接这话。

阿米尔 打她们。

乔 里 我不记得《古兰经》里有这段话。

阿米尔 哦,反正是有这段。

艾米丽 常见的翻译是有争议的。

阿米尔 只有那些试图让伊斯兰文化看起来温馨又含混的人觉得有争议。

艾米丽 那个动词的词根可以理解为"打"。但也可以理解为"离开"。所以它可能是在说,要是你的妻子不听话,就离开她。不是打她。

艾萨克 听上去差别确实很大。

阿米尔 过去的几百年里不是这样翻译的。

乔　里 （突然间慷慨激昂）不对。你们看,有时候你必须拒绝。

我不会指责法国人。

艾萨克 法国人?

乔　里 他们对伊斯兰教的态度。

艾萨克 你认为他们禁止穆斯林戴面纱没问题?

乔　里 总得在某些地方划清界限。

艾萨克 好吧,基辛格夫人。

艾米丽 挺可爱的。

艾萨克 我娶的这个女人,她书房的写字台上挂着一句基辛格的名言……

乔　里 "在面对选择正义还是程序的问题时,我永远选择程序。"

艾米丽 你干吗在写字台上挂这句话?

乔　里 提醒我自己。不要迷失在必须追求正义的感觉当中。必须把自己从这个旋涡里拉出来,你就会很快意识到唯有程序才能……

艾米丽　我。选正义。永远。

乔　里　你知道他们怎么说吗？如果你年轻却不是自由主义者，你没有心；如果你年老却不是保守主义者……

阿米尔和乔里　（一起说）……你就没有脑子。

艾萨克　我恰好认识几位非常杰出的穆斯林女性，选择要戴面纱。

阿米尔　你真的很享受玩儿逆向思维啊，是不是？

艾萨克　我没有在玩儿逆向思维。

乔　里　（对艾萨克，插话）你认识的哪个人戴面纱？

艾萨克　你不会认识她们的。

乔　里　我认为你在瞎编。

艾萨克　我没有。

乔　里　所以是谁呢？

艾萨克　哈利德的妹妹。

乔　里　哈利德？

艾萨克　她是康奈尔大学的哲学教授。

　　　　她就戴面纱。

乔　里　哈利德？你的教练？

阿米尔　你在春分健身房健身？

艾萨克　是啊。

阿米尔　我认识哈利德。秃顶？有枪？

艾萨克　就是他。我不知道你也在春分健身。

乔　里　你的重点是什么？

艾萨克　哈利德可能只是个教练，但他来自一个受过可笑教育的约旦家庭。他家里的所有女人都戴面纱。自愿的。

艾米丽　这件事跟很多人想的不一样。对很多穆斯林女性而言，戴面纱是骄傲的源泉。

阿米尔　首先，他们戴的可能是头巾。不是面纱。那不是一码事——

乔　里　（插话）面纱抹去了脸。

你抹去一张脸，就抹除了个性。

没人让男人去抹除他们的个性。

为什么最后总要让女性来付出代价？

嗯哼。对待这种事儿你必须拒绝。

阿米尔　得拒绝。

而穆罕默德恰恰没有拒绝。

讽刺之处在这里：

在他成为先知之前？他坚决要求自己的追随者不能虐待女性。

然后他开始跟天使对话了。

我想说，没搞错吧？

艾萨克　我还是无法相信之前我从未看出来它跟摩门教的相似之处。

阿米尔　你不停地这么说，好像有什么意义似的。

艾萨克　这两种宗教都允许男人娶多个妻子。

不过我觉得摩门教对狗没什么意见。

阿米尔　你还是没搞明白。

艾萨克　明白什么？你这人充满了自我憎恶？

乔里递给艾萨克一个要杀了他似的眼神。

阿米尔　《古兰经》讲述的是公元七世纪沙漠里的部落生活，艾萨克。

这不仅仅是个学术问题。

人们相信一本讲述一千五百年前特定社会生活的书是来自上帝的真言，这是有后果的。

这就是为什么会有塔利班这样的人。

阿米尔说完起身离开餐桌，走开去给自己再倒一杯酒。

艾米丽　亲爱的，我想我们理解了。

阿米尔　（对艾米丽）说实话吧。我非常确定你们没有理解。

（继续，对着其他人）

这才是关键。这才是真正的问题所在：

这比塔利班的所作所为更严重。

意味着你不仅要相信，而且要为之战斗。

如果过去的世界是一个比现在的世界更好的所在，行吧，那我们就得回到过去。

让我们用石头砸死通奸者。

让我们剁掉小偷的手。

让我们杀掉不信教的人。

所以，尽管你是个已经背离了穆斯林宗教的人，跟你美丽的美国白人老婆一起啜饮饭后的苏格兰威士忌——看着新闻里那些生活在中东的人为了你从小被灌输的更纯洁、更严厉、更真的价值观而死去……你还是会忍不住感到有些骄傲。

艾萨克 骄傲?

阿米尔 是的。骄傲。

停顿。

艾萨克 你为"9·11事件"感到骄傲吗?

阿米尔 （*有些犹豫*）如果让我说实话，是的。

艾米丽 你这话不是当真的，阿米尔。

阿米尔 我感到非常恐惧，好吗? 绝对恐惧。

乔　里 对什么感到骄傲?

对大楼的倒塌?

对人们的死去?

阿米尔 对我们终于获胜。

乔　里 我们?

阿米尔 是啊……我猜我是忘了……我属于哪个我们。

乔　里 你是个美国人。

阿米尔 我们是一个种族，乔。都刻在骨子里了。

蒙 辱

你根本不知道我是怎么被抚养长大的。

你必须非常努力,才能把自己从那堆狗屎里拔出来。

乔　里　那么,你需要继续努力。

阿米尔　我在努力。

艾米丽起身向阿米尔走去。

阿米尔　怎么了?

艾米丽　够了。

（拿走他的酒杯）

我给你煮点咖啡喝。

艾米丽退场走去厨房。

尴尬的漫长停顿。

阿米尔　怎么了?

（对艾萨克,语气缓和）

瞧……

我肯定我的感受跟你有时对以色列的感受不会有太大区别……

艾萨克　你说什么?

阿米尔　你敢说你从没有过那种感觉——这么说吧,一种意想不到的因骄傲而产生的脸红……

艾萨克　脸红?我从没有过任何这样的感受。

阿米尔　当你听到以色列四处炫耀军事力量的时候也没有?

艾萨克　我对以色列持批判态度。很多犹太人都是如此。

阿米尔　那当你听到艾哈迈迪-内贾德①说要把以色列扫进地中海时,你是什么感受?

艾萨克　愤怒不已。跟所有人一样。

阿米尔　不是所有人都愤怒不已。不少人愿意听到那话。

艾萨克　你愿意听到这话吗?

阿米尔　我说了,是不少人……

艾米丽出现在厨房门口。

艾萨克　我在问,你是不是愿意听到这话。你愿意听到以色列被扫进大海里这话吗?

乔　里　艾萨克……

艾萨克　不。我想知道……

阿米尔　有时候? 是的……

艾米丽　(*绝望地提示*)阿米尔。我们原本是该庆祝的。

阿米尔　(*不管她,抢话*)我想说那是错的。

这念头来自某处。

那个某处就是伊斯兰文化。

艾萨克　当然是错的。

但这念头不是来自伊斯兰文化。

而是来自你。

---

① 马哈茂德·艾哈迈迪·内贾德(1956—　),伊朗政治家,曾担任伊朗总统,在伊朗国内及国际上都是极具争议性的人物。

伊斯兰教并没有垄断宗教激进主义。它也不来自某段经文。

阿米尔　没必要用这种高人一等的口气跟我说话——

艾萨克　整个谈话，你都在用高人一等的口气跟我说话。

你不喜欢有组织的宗教形式？没问题。

你对自己出生于其中的宗教怀有特别的厌恶？没问题。

或许你比我们大多数人都对此怀有更强烈的感受，因为……不管什么原因？没问题。

乔　里　艾萨克。

艾萨克　但我对你荒唐的——而且实话讲，非常吓人的——概述，不感兴趣……

乔　里　（语气强硬）艾萨克。

艾萨克　怎么了？

乔　里　别说了。

艾萨克　好吧。

又一阵气氛紧张的暂停。

阿米尔　你很幼稚。

艾米丽　阿米尔。你能跟我来一下厨房吗？

艾米丽退场。

阿米尔　（*跟在她身后走下*）幼稚但没有恶意。你跟历史背道而驰。

> 阿米尔穿过客厅走进厨房，退场。

艾萨克　我很幼稚？真他妈的混蛋。

乔　里　他是混蛋？

艾萨克　你听到他说的话了吗？

乔　里　你到底怎么回事？

艾萨克　他妈的柜子里的圣战主义者。

乔　里　你能闭嘴吗？

艾萨克　我永远没法理解你觉得这人哪里好。

乔　里　今晚有点不太对劲儿。

　　　　我想他可能是知道了。

　　　　（留意到艾萨克的眼神）

　　　　我的事儿。

艾萨克　他怎么能知道？

乔　里　他提到斯蒂文好几次……

　　　　我不知道。或许莫特告诉他了？

艾萨克　行吧。他早晚都会知道的。

乔　里　我应该主动跟他说。

　　　　我欠他这个。

艾萨克　那在事情发生时你就该告诉他。

乔　里　我签了保密协议。

艾萨克　好吧……

乔　里　我想我还是得告诉他。

厨房门飞快打开，阿米尔快速走出来，冲着大衣走去。

艾米丽在他身后出现。

阿米尔 （显然已经醉了）你们带着好消息过来吃饭。我们本该庆祝的。这是属于艾米丽的夜晚。我出去给大家买香槟。

（留意到艾米丽的反应）

然后咱们来吃一顿美好的晚餐。

乔里和艾萨克对视一眼。

乔　里 我陪你一起去。可以吗？

阿米尔 当然。

阿米尔穿上大衣。

乔里披上大衣。

阿米尔看着艾米丽。

阿米尔 怎么了？

艾米丽 没什么。

阿米尔拉开大门。

两人退场。

艾米丽转身对着艾萨克。

艾米丽 你以为我不知道你在做什么吗？

艾萨克 我在做什么？

艾米丽 艾萨克，拜托。

艾萨克　他就是个大男孩。他就不能接受一点点反驳吗?

　　　　艾米丽走到餐桌一侧,给自己又倒了一杯酒。

艾萨克　我们来之前,你们俩吵架了?

艾米丽　我们俩为什么要吵架?

艾萨克　你们结婚了。

艾米丽　我的婚姻跟你的不一样。

　　　　(停顿)

　　　　你可以打电话告诉我展览的事儿的。

艾萨克　我想当面告诉你。

艾米丽　这是我家。

　　　　艾萨克……

　　　　伦敦的事儿……

　　　　是个错误……

艾萨克　我不觉得你真那么想。

　　　　艾萨克触碰她。她躲开。

艾萨克　现在你参展了,所以就这样了吗?

艾米丽　如果那就是你让我参展的理由……

艾萨克　当然不是。天哪。

　　　　这展览的整个概念都是从你那儿来的。

　　　　艾萨克又触碰了艾米丽一下。

　　　　一开始她没有反抗。随后她再次躲开。

艾萨克　我不知道你丈夫这么一塌糊涂。

还他妈的是个酒鬼。

艾米丽　他不是酒鬼。他今天在公司不太顺。

艾萨克　哦。所以他知道了。

艾米丽　知道什么?

艾萨克　乔里的事儿?

艾米丽　乔里什么事儿?

艾萨克　他们要让她做合伙人。

艾米丽　等等,什么?

艾萨克　他们提出让她做合伙人。把名字加到律所大名上。他们为了让她别去瑞士信贷,给了这待遇。

艾米丽　什么时候的事儿?

艾萨克　上周。

艾米丽　没人告诉阿米尔。

艾萨克　哦,乔里这就要告诉他了。

艾米丽　我不明白。

艾萨克　没什么要明白的。他们喜欢她。他们不喜欢他。

艾米丽　莫特就像他父亲一样。

艾萨克　莫特说了不算。斯蒂文说了算。

艾米丽　阿米尔在律所工作的时间比她多一倍。

艾萨克　好吧……

艾米丽　怎么了?

艾萨克　伊玛目那件事儿?

阿米尔代理的那案子？

艾米丽 他没有代理伊玛目。

艾萨克 《纽约时报》上不是这么说的。

艾米丽 他只是去参加了听证会。

艾萨克 报纸上提到了律所，也提到了阿米尔，看上去他在代理一个替恐怖分子筹集资金的人。

艾米丽 太荒唐了。

艾萨克 斯蒂文可不那么想。他气得发疯。

艾米丽 真的吗？

艾萨克 你不知道吗？

乔里说你丈夫崩溃了。在一次员工会议上大喊大叫。显然还喊了什么要是那个伊玛目是个拉比①，斯蒂文根本就不会介意。

斯蒂文认为这话是反犹太的。

艾米丽 我很抱歉这么说，但有时候你们这些人真的有点问题。

艾萨克 我们这些人？

艾米丽 犹太人。你们看什么都觉得是反犹太的。

艾萨克 你嫁了一个听到艾哈迈迪-内贾德说要把犹太人扫进大

---

① 拉比，犹太人的特别阶层，主要为有学问的学者、老师，也是智者的象征。拉比的社会功能广泛，尤其在宗教中担当重要角色，担任犹太教仪式的主持。

海会骄傲脸红的男人。斯蒂文是本雅明·内塔尼亚胡[①]一个很大的资助者。我不知道阿米尔为什么要接近像伊玛目那样的人。

艾米丽 （被击垮）为了我。他是为了我。

哦，天哪。

停顿。

艾萨克 他不理解你。他无法理解你。

他只是把你供了起来。

都在你的画里呢。

《研习委拉斯开兹的摩尔人之后》。

他望着观看者——那个观看者就是你。你画了下来。他在望着你。

那张脸上的表情？

羞耻。愤怒。骄傲。

没错。就是他提到的那种骄傲。

奴隶终于娶到了主人的老婆。

艾米丽 你让我恶心——

艾萨克 这是事实，艾姆。你知道的。你画出了它。

沉默。

[①] 本雅明·内塔尼亚胡（1949— ），以色列政治家，多次担任以色列总理职务，以色列右翼强硬派代表人物。

艾萨克 如果发生在伦敦的事情是个错误，艾姆，那不会是你最后一次犯错。

一个像那样的男人……

你会再次背叛他的。或许不是跟我，但你会的。

艾米丽 艾萨克。

艾萨克 总有一天你会离开他。

艾姆。我爱上你了。

艾萨克靠过来吻她。

艾米丽没有动。没有躲闪。

此时，前门打开——

乔里走进来。她生着气。回来找艾萨克，以及拿她的东西。

准备离开这里——

乔 里 艾萨克，我们得离开这儿——

——但在看到她丈夫跟艾米丽亲密的瞬间呆站在原地。

艾萨克 亲爱的？

乔 里 你们他妈的在搞什么？

阿米尔走进来，满脸通红。

阿米尔 你等了一个礼拜才告诉我这个？然后我刚说了几句你不爱听的话，你转身就走，话都不让我说完？

你是什么人呢？！

乔里死死盯着她的丈夫……

阿米尔　怎么了?

　　　　（四处张望）

　　　　怎么了?

乔　里　（对艾米丽）你跟我丈夫出轨了?

阿米尔　你说什么?

艾萨克　（对乔里）没有人出轨。

乔　里　我走进来看到他们在接吻。

艾米丽　不是真的! 阿米尔，那不是真的。

乔　里　他们在接吻。

　　　　（手指着）

　　　　就在那儿。

艾米丽　事情不是那样的。

乔　里　我知道自己看到了什么。

艾米丽　艾萨克告诉我他们要让你做合伙人。我知道阿米尔在律所待的时间比你长很多。我很伤心。我在哭。

艾萨克　我在安慰她。

乔　里　用亲吻的方式?

艾米丽　（难以置信的语气）我们没有在接吻! 你为什么要一直那么说?!

乔　里　（对艾萨克）你是不是跟她出轨了? 跟我说实话。

艾萨克　亲爱的。我说过了。我们没有出轨。

乔　　里　那我刚才进门时你他妈的到底在干吗？

艾萨克　（走到他妻子身边）我抱了抱她，因为她在哭。

乔　　里　别碰我！

艾米丽　他们让你做合伙人我很伤心。

　　　　我知道阿米尔在律所待了多久。

　　　　我在哭。

阿米尔转头对着乔里。凶狠地说。

阿米尔　你先是偷走我的职位，现在又想毁掉我的婚姻？你是个他妈的恶魔。就这样回报我为你做的一切？

乔里走过去拿她的钱包。好像要离开。

乔　　里　我知道自己看到了什么。

阿米尔　（爆发了）你到底知不知道我为那地方倾注了多少心血？大厅尽头那间储藏室知道吗？他们存放清洁用品那间。那是我第一个办公室！

　　　　你的办公室能看到他妈的公园！

　　　　你上班的头三年？你早上有比任何人更早到公司吗？

　　　　你有没有最后一个离开办公室过？

　　　　要是你有过的话，我是没看到过。

　　　　我现在还是比你更晚才下班！

　　　　你以为你是这里的黑鬼？

　　　　我才是那个黑鬼！！我！！

艾萨克　（走到妻子面前）你没必要再听这个混蛋讲的任何

话了。

乔　里　（对艾萨克）别碰我。

阿米尔　（对艾萨克）你才是混蛋。

艾萨克　最好闭上你的嘴，哥们！

阿米尔　（对艾萨克）不然呢？！

艾萨克　不然我就踹你他妈的屁股！

阿米尔　你试试！

乔　里　（对艾萨克）松开我！！

艾萨克面色通红，终于松开了他的妻子，面朝阿米尔。

突然间——

阿米尔冲艾萨克脸上吐了一口口水。

停顿。

艾萨克把脸上的口水抹掉。

艾萨克　他们叫你们这些人畜生还是有原因的。

艾萨克看向他的妻子。

又看向艾米丽。

随后走出门去。

阿米尔　（对乔里）出去。

乔　里　（收拾她的东西）有些事你该知道。

你亲爱的朋友莫特要退休了。

猜猜谁会接手他的代理案件？不是你。是我。

我问他，为什么不给阿米尔？

他说你是个两面派。

这就是为什么你是个那么好的诉讼律师，但他不可能信任你。

（站在门口）

不信我说的话？

给莫特打电话。自己问问他。

让我猜猜。

他一直不接你电话？

乔里走出去。

停顿。

艾米丽　你他妈的疯了吧？！

阿米尔转过身去，陷入自己的思考。来回踱步。内心的旋涡不断强化。

艾米丽　阿米尔！

阿米尔　她说得对。他一直不接我的电话。

艾米丽　我去给你倒杯咖啡。

艾米丽向厨房走去……

阿米尔独自留在台上一段时间。他看着大门在摇摆。来来回回。

艾米丽返回。手里拿着马克杯。

阿米尔　艾姆。

阿米尔的语气有些——脆弱、紧张——让她站在原地。

阿米尔　你跟他睡了吗？

停顿。

艾米丽把杯子放在餐桌上。

停顿。终于，她摇了摇头。

艾米丽　是在伦敦。我参加弗里兹艺博会时。

我们在喝酒。不是拿这当借口……

只是……

我们刚去过维多利亚和阿尔伯特美术馆。他谈起了我的作品。

然后……

艾米丽——看到她的话引起了丈夫怎样的反应——朝他走过去。

艾米丽　（靠近他）阿米尔，我真厌恶我自己。如果我能挽回的话。

突然间，阿米尔打了艾米丽的脸。凶狠的一巴掌。

打出的第一巴掌释放出愤怒的狂潮，淹没了他。他又打了她两巴掌。或许是三巴掌。一下紧接着一下。不受控制的暴力是如此凶狠，仿佛只有这样才能发泄出他小心翼翼累积了一辈子的怨恨。

（为了让舞台上的暴力行为看起来尽可能真实，可能需要让观众无法直接看到。例如，让艾米丽躲在沙发后被遮住。）

最后一巴掌打出后，阿米尔猛然恢复了神智，意识到自己做了什么。

阿米尔 哦，我的天……

此时……

敲门声响起。

停顿。

随后是更多的敲门声。

终于，大门被轻轻推开。出现了：

亚伯。

亚伯望进来，看到——我们也看到——艾米丽进入所有人的视野，她躺在地上，脸上沾着血。

亚伯看向阿米尔。

灯光灭。

第四场

六个月后。

餐桌，几把椅子。

大部分家具都不见了。屋子里其他地方遍布着搬家的废弃物、箱子等。

壁炉上方的画作不见了。

一面墙边倚靠着一幅较小的、部分包裹好的油画。它距离观众席较远。

灯光亮起，阿米尔在台上。他安静地给东西打包。他的动作/表现中应该有种无声的感觉。仿佛一个遭受生活磨砺的人，甚至或许内心受到了严重的伤害。

他想到了什么，走去厨房。就在他退场时，前门响起敲门声……

他再次出现。穿过客厅走向大门。他打开门看到：

艾米丽，以及她身边站着的亚伯。亚伯戴着顶穆斯林帽。他的穿着很低调。跟第一场里充满活力的色彩不同。

阿米尔 艾姆？

艾米丽 我们能进来吗？

阿米尔 当然。

　　　　　他们走进来。

　　　　　亚伯表现出不情愿。不去看阿米尔的眼神。

阿米尔　发生什么了？一切还好吗？
艾米丽　不太好。
阿米尔　怎么了呢？

　　　　　艾米丽看了看亚伯，但亚伯不回应。

阿米尔　胡斯？

　　　　　没有回应。

　　　　　阿米尔转身对着艾米丽，冲她做了个手势，自己甚至没有意识到……

阿米尔　艾姆？
艾米丽　（向后退）不用，谢谢。

　　　　　（停顿）

　　　　　他来找我。你该听下这事儿。

　　　　　（对亚伯）

　　　　　告诉他。

亚　伯　他不会理解的。
艾米丽　他被联邦调查局拦下来了。
阿米尔　什么？
亚　伯　我没有被拦下来。
阿米尔　发生什么了？
艾米丽　坐下吧，告诉他。

阿米尔　发生什么了？

亚　伯　我没有被拦下来。我只是坐在星巴克里……

艾米丽　跟你朋友一起……

阿米尔　别告诉我是……塔里克？

亚　伯　是。

阿米尔　不是每个人都告诉你——

艾米丽　（插话）让他讲。

亚　伯　我父母对他的看法是不对的。

阿米尔　好吧。

亚　伯　我们在星巴克。只是在喝咖啡。塔里克开始跟歇班中的咖啡师聊天。我能看出来她对他没兴趣。他却没看出来……她问起我们的库菲帽①，问我们是不是穆斯林。然后她又问我们对基地组织怎么看。所以塔里克就告诉她，美国人才是创造了基地组织的人。

（留意到阿米尔的眼神）

你不相信我？

阿米尔　那不是问题真正所在——

亚　伯　中央情报局在阿富汗培训圣战者。就是那些人组成了基地组织。

---

① 库菲帽，一种无边缘、较短、圆形的帽子，北非、东非、西非及亚洲部分地区的穆斯林男子经常戴。

阿米尔 我想说，事实比那要更加复杂一点——

亚　伯 实际上，不是那样，舅舅。不完全是。

阿米尔 好吧。然后呢?

亚　伯 然后她有些暴躁。塔里克也生气了。他告诉她，这个国家活该遭受已经发生和即将发生的事。

（停顿）

她回去干活儿了，我们还没反应过来，警察就来了。她打电话报警了。他们把我们铐住。带我们去了局子。两个联邦调查局的人在警局那儿，等着我们。

（停顿）

我们坐在那儿接受了非常可笑的审问。

阿米尔 他们问你们什么了?

亚　伯 我们相信圣战吗? 我们想不想炸掉什么东西? 我有多频繁地读《古兰经》?

阿米尔 好吧……

亚　伯 我们有女朋友吗? 我有过性经验吗? 我看黄片吗? 我恨美国吗?

（停顿）

他们知道很多我的事儿。我在哪儿上学。知道我爸妈、他们在哪儿出生。好像他们已经有了我的档案。他们提到了我的移民身份。

阿米尔 身份有什么问题?

艾米丽　需要更新。

亚　伯　当他们说起这事儿……

（犹豫着）

……我笑了。

阿米尔　你笑了？

亚　伯　不是故意的。就那么发生了。

阿米尔　你是想表示反抗吗？

亚　伯　不是。

我想说……

（停顿）

你看，我知道他们想干什么。

阿米尔　他们想干什么？

亚　伯　他们到我们的社区里，专找那些移民身份不稳定的人。然后就强迫我们替他们做事儿。

阿米尔　好吧……

亚　伯　怎么了？这个你也不信？

阿米尔　我没那么说。

停顿。

艾米丽　（突然动起来）我得走了。他需要跟你谈谈……

阿米尔　你要去哪里？

亚　伯　（站起身）艾米丽舅妈。留下。求你。

她站住。

停顿。

终于她点点头，仍然不太情愿。

艾米丽　我去拿点……水。

艾米丽穿过客厅走去厨房。退场。

停顿。

阿米尔　她还好吗？

亚　伯　我不想谈这个。

阿米尔开始按他的手机键盘。

亚　伯　你要打给谁？你不能打给我妈。她得吓死。

阿米尔　我打给肯。

亚　伯　肯？

阿米尔　负责法里德伊玛目那案子的律师……

（讲电话）

嗨，肯，是阿米尔。听到留言请给我回电。有急事。谢谢。

（停顿，随后对亚伯）

当你走出父母家的大门，你应该理解外面的世界并不是中立的。现在不是了。对你来说不是。你要传递跟别人不同的信息时必须小心。

亚　伯　什么不同的信息？

阿米尔　就是让你被联邦调查局带走审讯的那种信息。

停顿。

亚　伯　现在要怎么办？

阿米尔　先听听肯怎么说。你看，不会是好事儿。但至少他们放你出来了。

亚　伯　要是他们告诉我，我必须走进我们的清真寺假装我在策划什么狗屁袭击，只是为了留在这个国家——

阿米尔　你不知道事情会不会这样发展。

亚　伯　要是你能多跟你的同胞待在一起……

阿米尔　你想说什么？

停顿。

亚　伯　你会怎么办？要是联邦调查局让你替他们干活？嗯？

阿米尔　咱们还没到那步呢……

亚　伯　（打断他）你会怎么办？

阿米尔　（思考着）有很多办法……让当局知道……你站在他们那边……

亚　伯　但我没有站在他们那边。

阿米尔　你可能需要重新想想。因为他们是制定规则的人。

亚　伯　我就知道不该来。

阿米尔　怎么不该呢？你要是还不放聪明点，会被驱逐出境的。

停顿。

亚　伯　是啊，对，或许不是最坏的下场。

阿米尔　去一个你八岁以后就再也不了解的国家。

亚　伯　或许这才是问题所在。或许我们就不该离开那儿。或许我们就不该来这个国家。

阿米尔　你父亲要来这里是有原因的。跟我父亲同样的原因。他们想为自己和家人创造更好的生活——

亚　伯　（抢话）更好的生活?!?

阿米尔　（继续）——用老实工作换来的生活。在巴基斯坦没有这样的选择。

亚　伯　（爆发了）你没能过上更好的生活!

阿米尔　你在说什么?

亚　伯　我知道你被解雇了!

阿米尔　我不知道你以为自己了解什么——

亚　伯　（安静地、严肃地）我知道你对她做了什么。你怎么能这样?

停顿。

阿米尔　我不知道。

停顿。

亚　伯　你想从那些人身上得到永远不会得到的东西。

阿米尔　我还是你的长辈。你得对我稍微尊重点。

亚　伯　我对你说实话并不意味着我不尊重你。

（停顿）

你忘记了自己是谁。

阿米尔　（情绪激烈）真的吗? 亚伯·詹森?!

亚　伯　我把名字改回来了!

阿米尔　所以你现在脑袋上戴着库菲帽到处乱跑,在星巴克里大放厥词,要不就坐在清真寺里哀叹全世界穆斯林的困境,你以为这样有什么——

亚　伯　(打断他)你让我恶心。关于你,我很确定的一件事是什么?你总是背叛你的同胞。你以为这样会让那些人更喜欢你吗?他们不会。他们只会觉得你恨你自己。他们是对的!你就是!

我一直很崇拜你。你根本不知道——

阿米尔　不。我知道。

亚　伯　不对!你根本不知道这对我造成了什么影响!

(停顿)

我想说,要是你没法跟他们……

(灵光一现)

先知不会尝试成为他们中的一员。他不会通过模仿他人来征服世界。他让世界来模仿他。

阿米尔　征服世界?

亚　伯　那就是他们已经做到的事。

他们征服了世界。

我们要夺回世界。

那是我们的命运。《古兰经》里写着呢。

我们看到艾米丽出现在转门前,听着对话。

亚伯没有注意到她。

亚　伯　三百年来，他们夺取我们的土地，划定新的边界，替换我们的法律，让我们想变得跟他们一样。模样像他们一样。娶他们的女人。

　　　　他们让我们蒙辱。

　　　　他们让我们蒙辱。

　　　　然后他们还装作无法理解我们的愤怒?

　　　　艾米丽走出来。

　　　　亚伯意识到她听到了自己的话。

　　　　亚伯走向大门。站住。看向艾米丽。

亚　伯　我很抱歉。

阿米尔　侯赛因……

亚　伯　我会自己解决，舅舅。

　　　　亚伯退场。

　　　　留下阿米尔和艾米丽。

　　　　沉默。

阿米尔　我姐姐告诉过我他的情况……我没意识到……

　　　　（更多沉默）

　　　　你读了我的信吗?

艾米丽　阿米尔……

阿米尔　我收到那幅画了。

艾米丽　我不想扔掉它。

阿米尔　寄来时没有留言……

（停顿）

你看，我跟你的律师说了我想把这间公寓留给你。我给你的信里也说了，但我不知道是不是——

艾米丽　这间公寓不是我的。

停顿。

阿米尔　如果你那么恨我，为什么撤回起诉呢？

艾米丽　我不恨你，阿米尔。

停顿。

阿米尔　我看到《纽约客》上的报道了。我太为你骄傲了。

艾米丽　哦。

停顿。

阿米尔　我不知道你有没有读过我那些信……你对我的很多看法都是对的。

我终于看到了你看到的事情。

我终于理解了你的作品。

艾米丽　我的作品很幼稚。

阿米尔　不，不是的。你为什么要那样说？

艾米丽　因为这是事实。

阿米尔　天哪。要是你知道我有多抱歉。

艾米丽　我知道。

艾米丽穿过客厅。她走到门前时停了下来。

艾米丽　发生的事情我也有责任。

阿米尔　艾姆。不是的。

艾米丽　就是这样。

（停顿）

我太自私了。

我的作品……

蒙蔽了我。

阿米尔　我只是……

（长久的停顿，阿米尔情绪激动起来）

我只是想让你为我骄傲。

我想让你因为跟我在一起而骄傲。

停顿。

艾米丽　再见，阿米尔。

拜托。不要再给我写信了。

她退场。

长久的停顿。

当阿米尔走回去继续打包时，他注意到……

那幅靠着墙的部分包裹好的油画。

他朝它走过去，拿起画。随后撕掉了其余的包装。从舞台上他站着的位置，我们只能看到画作的一部分，

但能意识到:

这是那幅艾米丽画的他的肖像——《研习委拉斯开兹的摩尔人之后》。

他若有所思地长久看着它。

  灯光灭。

  全剧终

垃
圾

Junk

2016

金钱诗学

历史并不重演,但确实会押韵。

——通常认为语出马克·吐温

无论这句话语出何人,都说得很好,但或许不够有力。谈论历史的押韵方式已经隐含这样一种观点——虽不坚决——我们的族群、我们的国家,其最典型的困境及本质,很大程度上是诗意调和的产物。说到底,就是故事。历史充满活力的精神从来并非仅仅受到客观事实的驱动,而是被措辞塑造,由隐喻引导,被意义滋养。诗意的浓缩与叙事的争夺(以及由此产生的胜利或失败)——这些才是构建历史的基本结构。这就是被我们视为历史韵律的不断蜕变、不断循环的模式,无论开始还是结局,无论观点丰富还是存有偏见。

对一些人来说,莎士比亚事实上是用他的九部伊丽莎白时代的英国历史剧,铸造了英格兰精神。但他的写作,并没有多忠实于客观事实。无论《亨利五世》是什么——对精明权谋的批判;对富有慈悲的王权的赞美;向法国邻居展示英格兰的天生优越性——但它肯定不是对真实事件的还原。可我们并不在乎。我们记住了由一箱网球引发的外交侮辱,一首在圣克里斯宾节献给光荣牺牲者的令人热血奔涌的赞美歌,一场将故事推向高潮的求爱，那甚至能诱使我们中最愤世嫉俗的人也愿意相信，我们与仇敌总是可以和平共处。借由省略和详细阐述、拟人化、对观点的情感投入，戏剧使我们意识到历史是由我们创造的，我们能够看到和理解它，因为我们能够在其中看到和理解自己。

* * *

熟悉二十世纪八十年代金融史的人，会在《垃圾》中寻找并发现与那个时代所发生*实际事件*的对应之处。显然，一个人无须上过商学院，也能对露华浓和雷诺兹-纳贝斯克[①]收购案有粗略了解，知道那些崛起的金融巨头精心策划的收购伎俩，以及由此产生的警示性故事结局：多位那个时代的领军者最终落入牢狱。寻找这些线索的读者，会发现对应之处层出不穷，但它们并不是最重要的。

实际上，它们是误导性的。

这个故事的核心人物是罗伯特·梅尔金，一位通过出售债务来筹集资金的非凡人物。他的目的、他的手段——具有创造性、颠覆性和强烈的个人主义——正在对美国社会产生巨大的，

[①] 露华浓（Revlon），美国著名化妆品、保养品公司，成立于1932年。雷诺兹-纳贝斯克（RJR-Nabisco），美国著名食品及烟草生产商，旗下包括骆驼牌香烟、奥利奥、趣多多、乐之等名牌产品。1985年至1989年，上述两大品牌均陷入杠杆收购案中，在与依靠垃圾债券融资的收购公司的对抗中遭受重创，成为美国金融史上具有代表性的收购案例。

乃至前所未有的影响。但在评价梅尔金时，在审视他对资本主义的充分利用和以道德为驱动的承诺时，我们可能会犯错误，认为梅尔金的历史经验或许指向本剧秘密的内在意义。并非如此。梅尔金由旧日的废弃之物塑造而成，来向我们讲述现在的我们是谁，我们对资本增值近乎宗教般的狂热如何导向当下境地，以及在这样的金融制度下，我们创造出了一个怎样的世界。此刻世界。

批判资本主义很容易，享受其好处更加容易。戏剧和整个世界都不需要再添一部长篇大论来谴责贪婪的掠夺行为。然而我相信——我在这部戏创作过程中的合作伙伴道格·休斯[①]也相信——情感投入和戏剧参与（诗歌的要素，如果你愿意这样说）必须置于一切评判之前。因此，我们努力创作了这个我们能编织出的最好的故事，一个寄托了我们共同野心的具有广泛性的故事，试图表现当代金融神话般的影响力，同时也探索其历史根源。因为事实上，我们今日集体生活的方方面面，无不深受那个传奇时代的熔炉所铸造的金钱诗学的影响。

阿亚德·阿赫塔尔

新罕布什尔州彼得伯勒

2017年5月

---

① 道格·休斯（Doug Hughes, 1955— ）美国戏剧导演。曾获得托尼奖最佳话剧导演奖、奥比奖最佳导演奖等。《垃圾》2016年于加州拉霍亚剧场的首演版及2017年于百老汇林肯中心的演出均由休斯执导。

献给道格，以及安妮卡。

我们宁可被毁灭,也不愿改变……

——W. H. 奥登

主要角色

掠夺者们

罗伯特·梅尔金——四十出头。"鲍勃"。投资银行"萨克尔-洛韦尔"的垃圾债券[①]交易员。梅尔金是魅力十足的领导者与实干的幕后工作人员的非凡结合。凭借无与伦比的专注力和杰出的才智天赋,他已成为该时代的重要金融家。

劳尔·里维拉——三十五六岁。"萨克尔-洛韦尔"的律师。古巴血统。爱揶揄,幽默,无情。

伊斯雷尔·彼得曼——接近四十岁。"伊兹"。企业掠夺者。出生于萨克拉门托。热情,粗鲁,顽强。迫切渴望将自己——通过任何必要手段——推向美国商业世界的最前列。

鲍里斯·普朗斯基——接近五十岁。套利者。靠谣言和阴谋赚钱。表面风光,内在空无一物。俗话所说的那种伪装成大人物的小人物。

[①] 垃圾债券又称"高息债券""高风险债券""劣等债券"等,是信用评级很低的债券。通常由商业能力较低的中小企业、规模较小的新兴行业、信贷关系较短的企业,或有坏账记录的公司发行,商业风险高,通过提高债券利息来吸引投资者。垃圾债券具有一定投机性,违约风险较高。垃圾债券最早起源于美国,二十世纪八十年代中期,垃圾债券市场急剧膨胀,迅速达到鼎盛时期。

管理层及其盟友

小托马斯·埃弗森——五十多岁。"汤姆"。埃弗森钢铁联合集团的首席执行官,该公司曾经是制造业巨头,目前仍是道琼斯工业平均指数①的成员。钢铁行业已经陷入困境,小埃弗森仍然在用他父亲开创的多元化经营方式维持公司运转。尽管不像父亲那样是个杰出的商人,但小托马斯·埃弗森以自己的真心和忠诚来弥补。

马克西米利安·奇兹克——接近五十岁。"马克斯"。洛桑公司的投资银行家。埃弗森的顾问。温文尔雅,审慎,老练。出生于布拉格,但在美国长大。洛桑公司是一家行业领先的咨询投资银行,也是最后一批仍与十九世纪欧洲伟大的商业银行有关联的银行之一。

杰奎琳·布朗特——接近三十岁。"杰姬"。洛桑公司的律师。非裔美国人。哈佛法律系。哈佛商学院。有吸引力,雄心勃勃。有胆量,也有魅力。

利奥·特雷斯勒——五十五六岁。私募股权公司巨头。热情,浮夸,讨人喜欢,非常富有。尽管在康涅狄格州出生和长大,但他

---

① 道琼斯工业平均指数(Dow Jones Industrial Average,简称"道指"),是由《华尔街日报》和道琼斯公司联合创始人查尔斯·道所创造的股票市场指数。道琼斯工业平均指数并不代表其组成公司的市值,而是每个组成公司的一股股票价格总和后的平均值,是以在美国证券交易所上市的三十家著名公司的价格加权来衡量股票市场的指数。本剧中设定"埃弗森钢铁联合集团"为这三十家道指公司之一。

身上带有得州人的豪迈气质，好似一头雄狮。

执法者

朱塞佩·阿德索——四十五六岁。"乔"。纽约南区的联邦检察官。意大利裔美国人。野心勃勃。

凯文·沃尔什——三十出头。助理联邦检察官，反诈骗组。非裔美国人。一丝不苟，不屈不挠。

其他角色

朱迪·陈——三十出头。作家。第三代华裔美国人。深思熟虑，有洞察力，毫不畏惧她正在书写的巨头们。

艾米·梅尔金——四十多岁。罗伯特的妻子，读商学院时期就是他的恋人。她自己本身就是位金融奇才。梅尔金最深入的合作者。

配角及次要角色

（可视情况重复扮演角色）

马克·奥黑尔——四十多岁。套利者。爱尔兰裔美国人。在《地狱厨房》播出的鼎盛时期出生长大。顺应市场潮流的街头霸王。

科里根·威利——五十多岁。奥黑尔的律师。行为粗暴而忠诚。

来自一个曾为好几代爱尔兰黑帮担任顾问的家庭。

德文·阿特金斯——接近三十岁。套利者。还是个孩子。所做之事超出了能力范围。

默里·莱夫科维茨——接近五十岁。梅尔金的投资人之一。

夏琳·斯图尔特——二十多岁。罗伯特·梅尔金的助理。

律师及其他角色：根据需要。

关于布景的说明

不应该花太多时间把各场次的布景设置得过于逼真，因为剧中展开的事件应当被设想为发生在我们可称为集体记忆的舞台上。换句话讲，该戏是一场起源神话的仪式性表演。

更重要的是必须建立起并保持一种不间断的、充满活力的节奏，能够唤起流畅的思想活动。活力快板[1]，如果你愿意这样称呼的话。

在服装和设计上，对二十世纪八十年代中期的影射绝不能过分呈现。剧中描述的事件所引出的那个世界——债务融资的起源——并不仅仅事关过去，也代表着一种对我们所称的今日世界而言非常重要的精神特质及本体论。

---

[1] 活力快板（Allegro con brio），贝多芬《降 E 大调第 3 号交响曲》第一乐章的名称。贝多芬于1803年至1804年间创作的四乐章交响曲，为交响曲历史上里程碑式的作品，规模宏大，情感丰富，极具独创性，为贝多芬的代表作之一。其第一乐章"活力快板"颇具戏剧性和先锋性，节奏很快，有一段狂暴、充满冲突的小高潮。

第一幕

朱迪·陈。

头脑迅捷聪慧，惊人地美丽。她独自站在舞台上对着观众讲话。

陈　这是个关于王者的故事——或者说，那些被视为今时王者之人的故事。这些王者，身着布鲁克斯兄弟和布里奥尼的服饰，在相对而立的海岸高耸入云的城堡里登上王位，卷入争斗不休的战争里，好吧，除了金钱，还能为了什么呢？（停顿）从何时开始，金钱成了重要之事？我是指唯一重要的事？付费升级你排队的位置，或是牢房等级。出租你的子宫去替别人怀孕。购买陌生人的人寿保险——支付保费直到他们死掉——然后领取收益。哦，还有取现。谁想出的这个主意，让我们只是取现也要交费？

——灯光照亮：

罗伯特·梅尔金。

陈　八十年代中期。确切地说，是1985年。我在为《福布斯》和《华尔街日报》撰稿。没错，我已经习惯于被金钱的话题所包围。但在1985年，我开始察觉到一些新的动向。勇气和好斗，人们眼中闪烁着一股疯狂的激情。仿佛一种全新的宗教正在诞生……

洛杉矶。萨克尔-洛韦尔联合公司。

罗伯特·梅尔金、伊斯雷尔·彼得曼、劳尔·里维拉。一场战略会议召开中。

梅尔金	伊兹，伊兹，别。别用那个词——
彼得曼	哪个词？
梅尔金	限制。在提到你的想法时别用这词……
彼得曼	就算我想强制削减开支——
梅尔金	这词也不能用。强制。
里维拉	重整好一点。
梅尔金	你要用重整这词……
里维拉	你有远见。
梅尔金	这是你想买下这家公司的原因。帮助埃弗森钢铁实现增长。
里维拉	革新。转型。
梅尔金	人类是需要希望的生物。当谈到你自己、你的公司时，要始终使用能给人带来希望的词汇。
彼得曼	能给人带来希望的词。去他妈的。
里维拉	很好听吧，哈？

梅尔金　但是，当你谈到他们时……

彼得曼　汤姆·埃弗森?

梅尔金　目前的所有者。目前的管理层。那时候你就可以用限制这词了。

里维拉　他们确实受到了限制。

梅尔金　要是他们不接受收购? 就会走向危机。崩塌。

里维拉　灾难。

梅尔金　这词更好。然而你。你的公司……

里维拉　（兜售似的）萨拉托加-麦克丹尼尔斯公司……

彼得曼　拥有重整的远见。

里维拉　非常好。

梅尔金　没错。这样说，人们不会意识到自己听到了什么……

里维拉　回声，隐藏逻辑。

梅尔金　隐藏逻辑。这样才能完全被理解。让人不要去思考，而是去感受。这种方式才能走进他们的心。

彼得曼　有个清单什么的吗?

梅尔金　清单?

彼得曼　我该用哪些词，不该用哪些?

　　　　　梅尔金和里维拉对视一眼。

里维拉　我想说——干吗不呢? 我们给你列个清单。

梅尔金　很好。

　　　　　里维拉拿起一本拍纸簿。开始匆匆写笔记。此时……

垃　圾

夏琳——梅尔金的助理出现了——

夏　琳　梅尔金先生，默里·莱夫科维茨的电话。

梅尔金　谢了，夏琳。（对彼得曼、里维拉）我接下电话。

梅尔金走进——

——一束光里。

——另一束光出现，照亮：

默里。

一个笨拙的人。对话很迅速，有冲击力。

梅尔金　你想干吗，默里？

默　里　（停顿）我知道。我应该——

梅尔金　我真是败给你了，默尔①。

默　里　我很抱歉，鲍勃。

梅尔金　我做了什么吗？我说了什么——

默　里　当然没有。

梅尔金　那是怎么回事？你就没法回我电话？现在是新债券发行的紧要头。你知道的——

默　里　我知道。

梅尔金　好吧，好……不说那些了，我们在出售伊兹·彼得曼公

---

① 默里的昵称。

司的垃圾债券。萨拉托加-麦克丹尼尔斯。好让他能收购埃弗森钢铁。债券收益17%,季度息票①。跟以前一样,3C评级——

默　里　鲍勃——

梅尔金　(抢话)默尔,我需要你比平时还要更频繁地参与交易。这可是咱们在道琼斯的第一场仗——

默　里　是啊——

梅尔金　肩并肩,默里。一笔一笔交易来。咱们就一直这样干。让他们瞧瞧我们也能成为大人物。

默　里　我,呃……

梅尔金　我需要你。比任何时候都需要。

默　里　鲍勃。我得跟你谈谈。

梅尔金　谈啊。

默　里　是梅茜。

梅尔金　(突然换了语气)她还好吗?你老婆没事儿吧?

默　里　没事,她很好。只是——她有个朋友。

梅尔金　一个朋友——

默　里　嫁给了格林菲尔德。

　　停顿。

梅尔金　默里。

———————

① 息票,指债券发行人保证在债券到期前定期付给债权人的债券利息。

垃　圾

默　里　他破产了，鲍勃。买了第一城一大笔垃圾债券——

梅尔金　格林菲尔德是个骗子。他从第一城买债券是因为我不再跟他交易了。

默　里　我知道——

梅尔金　真的吗？

默　里　我跟你一样不喜欢那人。

梅尔金　让我搞搞清楚。第一城划拉一堆狗屎说那是垃圾债券，然后你就不再回我电话了？

默　里　不是那样。梅茜只是——我是说——我有一亿的流动资金在里面。鲍勃，她只是——她不想让我——再冒险了。她想让我停手。

梅尔金　她，还是你？

默　里　我不想让你生气。

梅尔金　四百万，或许是五百万？七年前你带着这个数来找的我。

默　里　那是梅茜的钱。

梅尔金　不。

默　里　都是她的钱。她爸的。

梅尔金　那四五百万是她的。剩下的呢？是我给你赚的。我让你们发财了，你还有梅茜，然后她从蠢驴格林菲尔德那儿听说第一城卖的是屎，你就不回我电话了？

默　里　我很害怕。

梅尔金　害怕什么，默里？害怕什么？怕赚钱？

停顿。

默　里　她不喜欢听别人说那些债券是垃圾，鲍勃。她不喜欢我把所有钱都投到别人说得好像是垃圾的事儿上——

梅尔金　那是用词不当，默尔。你知道的，对吧？

默　里　但是——

梅尔金　（继续）要是我让你买 IBM 或者通用电气的债券，梅茜就不会有什么意见了吧……

默　里　大概不会。

梅尔金　因为她听说过那些公司。所有人都听说过。但是那些债券的回报率可远远没法跟我卖给你的债券比。我卖给你的是未来。你必须告诉她这个。伊兹·彼得曼？萨拉托加-麦克丹尼尔斯？是明天的杰克·韦尔奇[①]，明天的通用电气。

默　里　鲍勃……

梅尔金　听我说，默尔。我们已经认识这么长时间了。

默　里　我知道。

梅尔金　我们都改变了很多。跟你在坚尼街[②]卖给我 T 恤时可

[①] 杰克·韦尔奇（Jack Welch, 1936—2020），美国著名企业家，1981年至2001年担任美国通用电气第八任首席执行官。
[②] 坚尼街，（Canal Street，又译作"运河街"），美国纽约曼哈顿一条东西走向的主要街道。繁华商业区，其东段以银行和珠宝店为主，同时有很多露天大排档和廉价商铺，吸引大量游客及当地居民前往。

不一样了。

默　里　我记得。

梅尔金　那就好。所以我接下来会这么办。你现在就参与这笔交易，如果你想退出，我就买下你那份。

默　里　你会吗？

梅尔金　我保证。你想提前退出？说句话就行。

默　里　你会罩着我吗？

梅尔金　我保证。

　　　　——梅尔金和默里身上的灯光熄灭。

回到会议桌前。

　　里维拉讲话，彼得曼做着笔记。

里维拉　革新，抉择，选择……追求——

彼得曼　引领。这词怎么样？

里维拉　非常棒。

彼得曼　我在引领新的愿景——

里维拉　用我们要好过于我。

彼得曼　我们在引领新的愿景……

里维拉　当谈到你自己、你的公司时，都要用"我们"来形容……我们、我们的、咱们……

彼得曼　好。

里维拉　——但当你谈到埃弗森、他们的 CEO、管理层时？用他们。他们的。

彼得曼　他们被限制了。他们在走向危机。

里维拉　这都是事实。

彼得曼　好吧，就像我爹总说的，只有你自己相信的事才更容易卖给别人。

里维拉　没有任何事比事实更容易让人相信。

彼得曼　我们在引领充满勇气的愿景。

里维拉　嗯。充满勇气的道路。愿景嘛……

彼得曼　抉择的愿景？

里维拉　（耸耸肩）你越来越上道了。

梅尔金走进来。很激动。

梅尔金　默里入伙投五千。

里维拉　等等。默里入伙投——？

梅尔金　五千万。

里维拉　怎么会？

梅尔金　要是他想退出，我就买下他那份。

里维拉　可是……

梅尔金　他不会想退出的……

里维拉　算上他，咱们就有五亿了。

梅尔金　等到明天这时候？七亿。

彼得曼　七亿美元？

梅尔金　是。

彼得曼　我还是搞不明白。

梅尔金　不明白什么?

彼得曼　你怎么能筹到那么多钱。我公司还不值这个价的一半。

里维拉　梅尔金的魔法。

彼得曼　不,我说真的。你到底怎么说服那些人给你七亿美元来投给我?

梅尔金　讲事实。这是近十年来最重要的交易。

里维拉　现在入伙这桩将会改变所有规则的交易。

彼得曼　这桩交易?——你就是这么跟他们说的?

梅尔金　是。

彼得曼　所以你跟他们提到了维罗妮卡……

梅尔金　维罗妮卡是什么?

里维拉　(对梅尔金)他们给埃弗森钢铁起的代号。

彼得曼　(唐突打断,对里维拉)——你们跟别人提了维罗妮卡的大名?

里维拉　大家想知道自己的钱要用来做什么。

彼得曼　白纸黑字写下来了?

梅尔金　有问题吗?

　　　　彼得曼站起身。有些困扰。

彼得曼　鲍勃……你入行之前,没人像你这样做交易。我是说，对某些贵族阶层的人来说，这些甚至算不上交易。收购对他们来说听着像他妈的骂人的话。

里维拉 他们还活在中世纪。那是我们的错吗？

彼得曼 我的重点是，这是你在道琼斯工业的第一笔交易。

梅尔金 然后呢？

彼得曼 那可是他们的至圣所，鲍勃。他们不想让你染指。

梅尔金 这是个自由国度，伊兹。

彼得曼 不管你怎么说，每个人和他们的直肠科医生都会爬到这桩交易的屁股上，看看哪里在发臭。

里维拉 所以你到底担心什么呢？

彼得曼 你给这次募资填的文件上写的是，投入的钱是进入不定向资金池……

里维拉 所以呢？

彼得曼 不定向意味着我不该知道这些钱要用来做什么。现在还不能。如果我知道，但我不说，那就违反了信息披露制度①。

里维拉 你现在要说出去吗？那你就跟这桩交易说拜拜了。

彼得曼 难道我不知道吗？不然你们觉得我为什么他妈的管它叫维罗妮卡呢？

---

① 信息披露制度，亦称"信息公开制度"。为保障投资者利益和接受社会公众的监督，上市公司依照法律规定必须公开或公布其有关信息和资料。

梅尔金　这代号怎么来的？

里维拉　汤姆·埃弗森他爸。跟维罗妮卡·莱克①约过会。

梅尔金　那个女演员？

彼得曼　很久以前了。小道消息这么说。

里维拉　我才是律师。让我来操心法律。

梅尔金　劳尔说得对。把合法性的问题交给他处理。

梅尔金的助理夏琳再次出现。

夏　琳　要去买午餐了。

梅尔金　（对彼得曼）你想吃什么？

彼得曼　去哪儿买？

夏　琳　一家犹太餐厅。

彼得曼　给我来个油炸玉米饼。

梅尔金　你想吃油炸玉米饼？

彼得曼　要是他们有的话。

梅尔金　他们没有。

彼得曼　那可是犹太餐厅。（对夏琳）去问问。

梅尔金　这是比佛利山。他们没有油炸玉米饼。

里维拉　油炸玉米饼是什么？

梅尔金　鸡蛋和无酵薄饼。有点像薄饼煎蛋卷。恶心。

---

① 维罗妮卡·莱克（Veronica Lake，1922—1973），美国电影女演员，二十世纪四十年代成名，主要作品有《玻璃钥匙》《苏利文的旅游》等。

彼得曼 （对梅尔金）你吃什么?

里维拉 这家伙除了烤面包夹火腿和酸黄瓜什么都不吃，得有……怎么着——有十年了吧?

梅尔金 还有柠檬水。

彼得曼 火腿?

梅尔金 怎么了?

彼得曼 真的吗，鲍勃?①

梅尔金 你是谁啊?我的拉比吗?

彼得曼 我以为那是个犹太餐厅?

梅尔金 这是比佛利山。

里维拉 给我来个鲁宾三明治。

彼得曼 鲁宾三明治?谁是犹太人?谁是古巴人?（对夏琳）要是他们没有油炸玉米饼，给我买跟他一样的。不要奶酪。再来一个无糖百事可乐。不要可口可乐。要百事。

夏琳退场，彼得曼继续。

彼得曼 按每股42.5块来算，七亿能让我拿到35%的股份。后面的计划是什么?

梅尔金 艾米和我昨天晚上仔细看过了埃弗森的数据。

里维拉 他老婆是看表格的天才。

---

① 犹太人认为猪是不洁净的生物，按理不吃猪肉。彼得曼因此质疑梅尔金。

彼得曼　等等——你们搞到了埃弗森的数据?

里维拉　详细报表。每个部门的具体项目数据。

彼得曼　你们搞到了内部数据?怎么搞到的?

里维拉　有个我认识的人。

彼得曼　哪儿来的人?

里维拉　你管这些干吗?

梅尔金　(捡起话题)总而言之,我们发现他们十年前买下来的制药部门在产生大量现金流。

彼得曼　好吧……

梅尔金　那些现金流可以用来作为抵押物。

彼得曼　抵押物。

里维拉　用来贷款。贷来剩余所需的资金。

彼得曼　我们要用埃弗森钢铁的现金流作为抵押去贷款?

梅尔金　没错。

彼得曼　但我还没拥有它呢。

梅尔金　那没关系。

彼得曼　谁想出来的这主意?

梅尔金　我。

彼得曼　你想出来的这主意?

里维拉　他们可不是无缘无故就让他上《时代》周刊封面。

梅尔金　我没想上《时代》周刊封面。

里维拉　你表现得很好。

梅尔金 他们管我叫岗位杀手。

里维拉 他们还管你叫美国炼金术士呢。把债务转化成现金。白手起家,成就事业。

梅尔金 (无视)我没有杀死岗位。我在创造岗位。他们总是寻找简单的故事。好人,坏人。他们没做好功课。他们不理解真实的世界如何运转。

里维拉 我知道,鲍勃。我知道……

梅尔金 那个愚蠢的故事又在提采矿头盔的事儿。我从来没戴着采矿头盔上过班。

彼得曼 采矿头盔?

停顿。

梅尔金 你没读过那篇文章?

彼得曼 还没有,鲍勃。不好意思。

里维拉 刚从学校出来那几年,他和艾米住在特伦顿她父母家的地下室里——

梅尔金 我每天早上五点半就要搭公交车去城里上班。两个小时白白浪费掉。所以我拼命工作。但地下室里总是很黑。所以我得拿手电筒照明来干活儿。不知怎么就变成我戴着采矿头盔了。

彼得曼 要我说去他妈的吧。去他妈的他们住的地方。

里维拉 这话又是什么意思?

彼得曼 意思是,等咱们赢了?等我买下埃弗森钢铁?我要改掉公司名字。

——迅速转到:

纽约。埃弗森钢铁总部。

汤姆·埃弗森、马克斯·奇兹克、杰奎琳·布朗特。

分别是公司的管理者、投资银行顾问,以及法务人员。他们聚在这家美国龙头企业的总部,开战略会议。

埃弗森穿着夏日绉纱套装。奇兹克和布朗特穿着西服。

埃弗森 收购。

奇兹克 是的,汤姆。

埃弗森 收购。

奇兹克 是的。汤姆。

埃弗森 我的公司?埃弗森钢铁?

奇兹克 其他客户就是这样告诉我们的——他们从华尔街听到的消息。

埃弗森 那家伙叫什么来着?

布朗特 彼得曼。伊斯雷尔·彼得曼。

埃弗森 伊斯雷尔。

奇兹克 简称"伊兹"。

布朗特 他是萨克拉门托人。有家连锁药店。

奇兹克 他父亲开服装公司。是个聪明家伙。招人喜欢。

埃弗森　他们是什么人？犹太洛克菲勒？

奇兹克　谈不上。

布朗特　其他产业还包括保龄球设备……

埃弗森　保龄球设备？

布朗特　高保真音响、购物商城——

埃弗森　他们用来收购的钱到底是从哪儿来的？

奇兹克　罗伯特·梅尔金。萨克尔-洛韦尔公司。

布朗特　垃圾债券。

奇兹克　也是创造性融资手段。梅尔金过去也这么干过。他用收购目标公司自己的现金流作为抵押物。

埃弗森　抵押物？

奇兹克　用来贷款。然后用贷来的钱买下目标公司。

布朗特　你也知道，埃弗森制药厂有非常大的现金流。

埃弗森　你在告诉我，他想用我们自己的现金流去贷款，然后拿这钱买下我们的公司？

奇兹克　差不多。

埃弗森　太荒谬了。

奇兹克　公司的股价让你处于弱势。

埃弗森　我已经有了计划能扭转局面。我在用制药厂的现金重新翻新工厂。等厂子翻新完了，我们就有能力跟中国人竞争了。营业额会回升的。

布朗特　股东们不会等。

埃弗森 股东?

布朗特 是啊,埃弗森先生。股东。

埃弗森 你认识那些人吗?我可不认识。我不认识那些两天前——或两周前——或两年前买了我公司股票的人。仅仅因为你拥有一张纸片,并不意味着你有权知道怎样才是对这家公司最好的。我们可不是交易所里的什么数字,涨价时大伙就开心,不涨价时,他们就来搅和我们的日子。

奇兹克 这就是上市的代价。

埃弗森 我父亲同意上市的唯一理由就是维持钢铁厂的运转。没错,他拿了股市的钱。他把钱用在多元化经营上。制药厂。金融服务。为什么?就是为了能让钢铁厂继续运转,让镇上的人有活儿可干。这就是这家公司的意义。钢铁制造。你想成为股东?带着这个愿景再上船。

奇兹克 我给你父亲做了二十年顾问。我很清楚其中的利害。

对讲机里传来一个女性的声音,打断了对话。

对讲机 埃弗森先生,车子等着送您去码头呢。您午餐要迟到了。

埃弗森 (对着对讲机)特鲁迪,你得跟董事会说一下我去不了。

奇兹克 董事会?

埃弗森 下午要坐公司游艇出海。

布朗特 埃弗森先生……

埃弗森 他们不会真的介意我在不在。

奇兹克 你应该跟董事们一起出海,汤姆。

埃弗森 为什么?

奇兹克 他们在华尔街也有朋友。你不会想让他们从别人那边更早地听说这个消息。

布朗特 要是事态恶化,你会需要他们的支持。

埃弗森 实在是荒谬。好吧。我去。

奇兹克 杰姬跟我会设法安排跟彼得曼的人开个会。

埃弗森 做什么?

布朗特 尝试解决这事儿,不要开战。

——转到:

纽约。利奥·特雷斯勒办公室。

  特雷斯勒正在接受朱迪·陈的采访——陈是位财经记者。陈拿着记事本,在做笔记。

特雷斯勒 罗伯特·梅尔金是个撒谎精、大骗子。他以公司资产为抵押,出售债务来筹集资金。然后他拿钱给某个不入流的小人物,让他出面收购其他公司。一旦他们得手,收购的公司就会被根本无力偿还的债务给压垮。这就让梅尔金和他那群狐朋狗友可以趁机介入，切分公司，再次出售。这种交易的每个环节他都能赚到钱。募集资金能赚钱。贷款能赚钱。收购能赚钱，出售也能赚钱。这种勾当，钱来得比印钞票都快。

陈 好吧。

特雷斯勒 你不同意？

陈 您是个生意人，特雷斯勒先生，我更感兴趣您对梅尔金的做法有什么想法，而不是——

特雷斯勒 他的做法？他正在做的事？我们曾经是一个靠工作来付账单的国家。制造实体。这家伙出现了，说他在制造债务。他所做的都是不需要发生的交易。那些交易只是他盗窃行为的幌子。（拿起一本杂志）那混蛋应该被逮起来。而不是上《时代》周刊封面。

……举起一本《时代》周刊。梅尔金在封面上。

陈 有很多非常智慧的人不太同意您的看法。

特雷斯勒 懦夫。等着被送进屠宰场吧。

陈 屠宰场？

特雷斯勒 这些债务迟早会把我们都送到那里去。救济院。

陈 但美国企业是不是变懒惰了呢？继承了利润可观的公司的二代 CEO 们，乐于活得像小王子一样，在他们的乡村俱乐部里打高尔夫，坐他们公司的游艇出海玩儿。他们是假装看不到这一切吗,特雷斯勒先生?

停顿。

特雷斯勒 你是哪里人?

陈 旧金山。

特雷斯勒 不,我的意思是,你知道我什么意思……

陈 我知道吗?

特雷斯勒 你知道的,你父母。

陈 旧金山。生在那儿,长在那儿。

特雷斯勒 好吧。好吧。

陈 但我的曾祖父母在中国出生。

特雷斯勒 对嘛。他们是做什么工作的?

陈 我的曾祖父是到美国来修铁路的,实际上。

特雷斯勒 勤劳工作的人。不会视任何事情为理所当然的那种人。他们看到了大局,并为之努力工作。而不是假装努力来获得成功。

陈 绝对不是。

特雷斯勒 因为要是一个人那么干,假装努力来获得成功?那么获得成功以后还能怎么办?继续假装。

陈 这说法很新颖。

特雷斯勒 你可以用这句。

陈 别担心。如果我用了,我会写引自您。

垃圾

特雷斯勒 没必要。这就是我的想法……顺便一说,我希望你叫我利奥。

陈 好的。(停顿)您对罗伯特·梅尔金的批评让我有一点困惑——

特雷斯勒 为什么?

陈 您是个非常富有的人。您自己也通过并购和收购赚到了很多钱。

特雷斯勒 友好收购。那是有意义的。能让一家公司更好。

陈 您也会用债务来为交易融资。

特雷斯勒 负责任地融资。债务绝不会超过资产负债表的承受能力。我跟公司管理层共同工作。我们将公司私有化。我们创造价值。然后再次上市。要用六到七年的时间。跟这些小丑干的可完全不一样。(拿起杂志,迅速翻阅着)听听这家伙说的:"债务是一种资产。"(厌恶地)债务不是资产。债务就是债务。(停顿)你知道我小时候债券是用来做什么的吗?用来做好事。存起来一点钱,同时还能帮山姆大叔[①]渡过难关。我床底下的盒子里现在还有两张25美元的 E

---

① 山姆大叔,美国的绰号及拟人化形象。

系列债券①。从没拿它们兑现。因为我心里总觉得山姆大叔还需要它。(*停顿*)你想写本书？

陈　　　　　我正在写一本书，特雷斯勒先生。

特雷斯勒　　我知道——我就是想说……我们需要的是关于自私的书。人们不在乎了。不在乎这个国家。不在乎规则。除了他们自己，什么都不在乎。

陈　　　　　所以当罗伯特·梅尔金讲到他真正在做的事情时——

特雷斯勒　　我说的话你一句也没听进去。

陈　　　　　我听进去了。而且我都写下来了。利奥。

特雷斯勒　　我不会怪你。我很难有任何理由来责怪你……

停顿。

陈　　　　　我能问您个问题吗？不会写出来。

特雷斯勒　　当然。

陈　　　　　他对您做过什么吗？

特雷斯勒　　什么？谁？梅尔金？没有。从没见过那家伙。

停顿。

陈　　　　　好的。现在这样可以了。如果我有后续问题……

特雷斯勒　　打给艾伦。她会立刻转接你的来电。随时。

陈　　　　　感谢您抽空见我。

---

① E系列债券，美国政府在1941年至1980年发行的债券，通常被称为战争债券，每张债券面值为25美元，折价出售，到期期限为十年，最多可延长至四十年。

特雷斯勒 听着,我……那个,呃……你什么情况?

陈 我什么情况?

特雷斯勒 单身,已婚,什么情况?

陈 我不确定这跟采访有什么关系——

特雷斯勒 你看,我就问问呗。就这一个问题。可以吗?不要引用我的话?

陈 嗯……

特雷斯勒 采访结束了,对吧?所以,咱俩就是闲聊……

陈 好吧。

特雷斯勒 你跟那种能带你坐人飞机到处飞的男人约会过吗?

陈 (起身准备离开)感谢您抽出宝贵时间接受采访,特雷斯勒先生。我很感激您提供的观点——

特雷斯勒 (插话)你应该试试,朱迪。你真的该试试。我想你会喜欢的。

陈 如果有后续问题,我会跟您联系的。

特雷斯勒 我不会轻易放弃。

陈 祝您今天愉快。

陈退场。

停顿。

特雷斯勒琢磨着。随后走过去给他的秘书打电话。

特雷斯勒 艾伦。

对讲机 在呢,特雷斯勒先生。

特雷斯勒 听着,我需要你打电话帮我订两打玫瑰。给那个记

>   者。朱迪·陈。查查她住哪儿，今天下午把花送过去……

对 讲 机 什么颜色?
特雷斯勒 红色，艾伦。我的老天!

———— 转到:

一张长椅。

> 绕着它踱步的是:
>
> 鲍里斯·普朗斯基。穿着黑色西服。脚有点瘸。他一边抽烟一边自言自语。演练着他跟梅尔金的对峙。

普朗斯基 我打一开始就跟你一起干。但你把机会给了他。彼得曼。一个无名之辈。要是没有我，你在哪儿凉快呢，鲍勃? 嗯?"鲍里斯，我成就了你，我成就了你，鲍里斯。"你成就了我，鲍勃? 是我成就了你——

> 此时，梅尔金出现了。带着歉意。
>
> 看到让他愤怒的目标，普朗斯基似乎失去了口出狂言的大部分勇气。

梅 尔 金 鲍里斯。对不起，我迟到了。
普朗斯基 鲍勃。
梅 尔 金 在办公室被耽搁了。
普朗斯基 我等你半小时了。咱们为什么总在公园里碰头呢?

别人像看恋童癖似的盯着我看。

梅 尔 金 你又抽烟了？孩子们需要你。

普朗斯基 这话说得好像我老婆。

梅 尔 金 聪明女人。希琳怎么样？

普朗斯基 挺好。

梅 尔 金 孩子们呢？丹尼斯？

普朗斯基 挺好。

梅 尔 金 他进足球队了？

普朗斯基 鲍勃。我没法跟你闲聊……我就是——没法闲聊——（扔掉烟头，用脚踩灭）我得知道——你怎么能把埃弗森给了彼得曼呢？嗯？你怎么能把机会给他那样的无名之辈？

梅 尔 金 鲍里斯……

普朗斯基 不，不，不。你欠我的。

梅 尔 金 真的吗？据我所知？是你欠着我。六百五十万。

普朗斯基 天哪，鲍勃。对你来说那都是小钱——

梅 尔 金 小钱？

普朗斯基 你还没赚够吗？——我想说，你什么都有了——

梅 尔 金 鲍里斯。联盟的事儿是我透露给你的。

普朗斯基 因为你想让我抬高价格。

梅 尔 金 你也照办了。从中赚了一千三百万。我给你提供信息——利润我们五五分成。这是我们的协议。

普朗斯基 我知道。

梅 尔 金 这意味着，此时此刻，你欠我六百五十万。我们本该是朋友，鲍里斯。我本不该——

普朗斯基 没错。朋友。这就是为什么彼得曼这事儿让我这么难受。

梅 尔 金 别转移话题。

普朗斯基 是你转移的话题。现在我唯一能接到你电话的时候，就是你需要我转移市场份额的时候——

梅 尔 金 去年我帮你赚了多少？一千九百万，还是两千万？

普朗斯基 鲍勃——

梅 尔 金 我帮你赚了两千多万美元，你还在抱怨？

普朗斯基 就告诉我一件事。就一件事。为什么选他？为什么不选我？

梅 尔 金 我需要一个真正有胆儿干这活儿的人。

普朗斯基 你是说我没胆儿——

梅 尔 金 我给过你一笔又一笔交易。每一次，你都浅尝辄止，踢踢轮胎，脚就酸了。然后小鲍里斯·普朗斯基就跑回家用盐水浴泡脚指头去了。

普朗斯基 你从没给过我像埃弗森这样的大交易。

梅 尔 金 橡胶公司就是笔大交易。

普朗斯基 橡胶公司感觉不太对——

梅 尔 金 菲尔丁·福斯特也是大交易。

垃 圾

普朗斯基　感觉不太对。大交易得感觉对，鲍勃。

梅 尔 金　当你冒风险时，真正的风险？那感觉不会对的。感觉对就意味着感觉安全。我们现在做的是什么买卖？可不是安全的。（停顿）让我先把这次交易搞定。然后就轮到你了。菲利普·莫里斯，美国航空公司……

普朗斯基　美国航空。

梅 尔 金　通用电气……

普朗斯基　通用电气……（停顿）你需要什么？

梅 尔 金　埃弗森。开始增加你的持仓。不要超过四十一块。我们想出价四十二块五。

普朗斯基　平时那套玩法？

梅 尔 金　你想怎么处理都可以。低调一点。

普朗斯基　通用电气，鲍勃？

梅 尔 金　记着我那张六百五十万的支票，鲍里斯。

—— 梅尔金和普朗斯基身上的灯光熄灭。

——灯光照亮：

一部公用电话。

普朗斯基拿起电话拨号。我们听到铃声……

——此时灯光照亮：

马克·奥黑尔。

在办公室电话旁。(电话铃声在背景中响起。)

普朗斯基 马克,是鲍里斯。

奥 黑 尔 噢,暗黑王子。

普朗斯基 别那么叫我。

奥 黑 尔 那你别穿得跟个送葬的似的。

普朗斯基 马克。

奥 黑 尔 大嘴婆。

普朗斯基 给我放尊重点。

奥 黑 尔 不然呢?

普朗斯基 不然我就挂了。

奥 黑 尔 我可以在接下来的十分钟里给你放你妈的叫床卡带,你也不会挂电话。

普朗斯基 音量调大点儿,马克。还是听不到。

奥 黑 尔 你他妈真是变态,鲍里斯·普朗斯基,你知道吧?

普朗斯基 是我这个他妈的变态成就了你,马克。

奥 黑 尔 行了,行了。

普朗斯基 白鲸。要浮上水面透气了。

奥 黑 尔 是时候了。

普朗斯基 ESU。

奥 黑 尔 埃弗森钢铁?

普朗斯基 对。

奥 黑 尔　咱们要做什么？抬高价格然后套现离场？

普朗斯基　白鲸想吞掉这条船。啃干净船上的木头。

奥 黑 尔　玩到道琼斯头上了，哈？

普朗斯基　刚开个头。下一个是我的。可能是美国航空，可能是通用电气。

奥 黑 尔　厉害了，大嘴婆。厉害了。

普朗斯基　马克。别那么叫我。我警告你。

奥 黑 尔　什么计划？

普朗斯基　埃弗森现在交易价是三十七。我们要抬高10%。

奥 黑 尔　到多少——四十、四十一？

普朗斯基　不要超过四十一。我们要让他们的股东闻到味儿，但不能见到甜头。

奥 黑 尔　搞大他们的肚子再收购。收到。

　　——　普朗斯基身上的灯光熄灭。

奥黑尔挂掉电话。

他又拿起电话，拨通另一个号码。

　　——　另一处灯光照亮：

德文·阿特金斯。

他身边是凯文·沃尔什——联邦检察官助理。沃尔什戴着耳机，坐在一台盘式磁带录音机前。

阿特金斯　阿特金斯。

奥 黑 尔　德夫①，是马克。

阿特金斯　嗨，马克。

奥 黑 尔　说话方便吗？

　　　　　　阿特金斯转头看了看沃尔什。点点头。

奥 黑 尔　德夫？

　　　　　　沃尔什忽然按下录音机开关。磁带旋转起来。

阿特金斯　在呢，在。

奥 黑 尔　你那边没事儿吧？

阿特金斯　没事，没事，吃饭呢。

奥 黑 尔　好吧。行，我希望饭里头有点海鲜。

阿特金斯　哦，是吗？莫比·迪克②？

奥 黑 尔　亚哈总算见着她了。

阿特金斯　酷啊，酷。怎么玩儿？

奥 黑 尔　股票代码，ESU。

阿特金斯　ESU？

奥 黑 尔　埃弗森。钢铁。

---

① 德文的昵称。
② 莫比·迪克，美国作家赫尔曼·梅尔维尔1851年创作的小说《白鲸》中，一条白色抹香鲸的名字。《白鲸》是一部以海上捕鲸为题材的小说，一位名为"亚哈"的捕鲸船船长带领全体船员，追捕一条名为莫比·迪克的大白鲸。本剧中，普朗斯基、奥黑尔和阿特金斯使用《白鲸》中的人物作为暗号进行交流。

阿特金斯　对。好。埃弗森。明白。

奥 黑 尔　不要超过四十一，德夫。咱们就软化一下目标。

阿特金斯　不要超过四十一。

奥 黑 尔　咱们就搞大股东肚子。

阿特金斯　收到。

—— 奥黑尔身上的灯光熄灭。

沃尔什。

　　关掉盘式磁带录音机。

沃 尔 什　我告诉过你。你得让他多讲一会儿电话。撬开他的嘴。

阿特金斯　但这不是……

沃 尔 什　什么？

阿特金斯　事儿不是那么办的。他来电话时候。他会起疑心的。咱们得慢慢来。

沃 尔 什　德夫，我还需要提醒你吗——

阿特金斯　不。不。不用。

沃 尔 什　你得交出奥黑尔来，否则进去的就是你。

阿特金斯　咱们得——咱们得慢慢来。我就想说这个。

　　停顿。

沃 尔 什　亚哈，哈？就是那个船长？

阿特金斯　是暗号。我告诉过你。亚哈看见白鲸了？意思是市

　　　　　　场要开始动起来了。

沃 尔 什　　好吧。

阿特金斯　　亚哈不想丢了腿？意思是该卖掉了。

沃 尔 什　　亚哈只有一条腿①。那本书里。

阿特金斯　　什么书？

　　—— 沃尔什和阿特金斯身上的灯光熄灭。
　　　　—— 灯光照亮：

梅尔金家。

　　卧室。梅尔金和他的妻子艾米。梅尔金怀里抱着一个婴儿，努力听艾米用她的方式解释着一堆表格。

艾　米　　没错，但我又检查了一下，注意到去年制药部门的两个项目数据……这个 ——（拿出另一张表格）—— 还有这个。我把这两个数据加在一起……

梅尔金　　好的……

艾　米　　四年前，加起来的数字跟这里的第三项大致相同——（回到第一张表格）—— 这张表格关于钢铁的这项，"与积压库存相关的附属项"……

---

① 船长亚哈在一次捕鲸过程中，被白鲸莫比·迪克咬断了一条腿，从此决心一定要捕杀莫比·迪克。

梅尔金　好。

艾　米　而那一年钢铁的销售额也差不多就是这个数。

梅尔金　我不太明白。

艾　米　在今年钢铁部门的数据里，这项数据没有了。甚至没有放进表格里。

梅尔金　是吗？

艾　米　而且……制药部门的数据出现了一个新项目，标注为"未指明杂项"。这一项，如果你算算看……

梅尔金　跟钢铁部门被删掉的数据相同。

艾　米　完全正确。他们把钢铁部门的亏损拆解到其他地方……

梅尔金　（仔细查看）从利润表上减掉了十六亿……

艾　米　仅是去年一年。把亏损算到了制药厂头上，制药厂收益巨大 —— 能承受这些亏损。

梅尔金　做假账。

艾　米　他们试图让钢铁部门看上去比实际情况更健康。这次机会比我之前意识到的还要更好。这里面有很大效益。但你必须砍掉钢铁部门。

婴儿开始发出不满足的声音。梅尔金来回摇动着她，试图让她平静下来。

梅尔金　天哪，真是讽刺。只要拿掉钢铁部分，埃弗森钢铁就是家伟大的公司。

艾　米　这是事实。

梅尔金　好吧。但接下去会怎样呢？你看，他们会说我又杀掉了一万五千个岗位。

艾　米　鲍勃。就是一句话而已。

梅尔金　可是登在了《时代》周刊上。

艾　米　那些岗位不管以什么方式都会消失。利润表上显示得很清楚。

梅尔金　等真的发生了，他们可不会那样写。

艾　米　这个国家拒绝面对现实。但这种状态也不会持续太久。（留意到婴儿愈发严重的腹绞痛）我估计她饿了。

艾米接过婴儿。开始喂奶。婴儿安静下来。

艾　米　（一边哺乳，一边说）适者生存。创造性破坏。某些事物必须灭亡才能让其他事物诞生。全新的生命。你在为新事物的到来而创造空间。人们会理解的。

梅尔金看着他的女儿和妻子。

艾　米　怎么了？

梅尔金　这就是我们一直真正想要的，不是吗？在妈妈怀里找到安慰。

艾　米　要是这么简单就好了。（停顿）哦，我在厨房桌台上留了篇文章给你——《华尔街日报》上的。关于监狱部门。

梅尔金　监狱部门？

艾　米　有家公司接管了田纳西州的所有监狱。一年之内就开始转为盈利了。上季度的利润非常惊人。你都没法相信。我们应该从融资方面入手。

梅尔金　用监狱来盈利？

艾　米　事情正在这样发展。营利性监狱，营利性学校、医院。在迅猛发展，鲍勃。

梅尔金　或许等埃弗森这事儿搞定以后再去做。（停顿，回到表格上）我想说，发现这个的时机简直太好了。我们后天要跟 CEO 开会。他要是不肯合作，我们就把这个抖搂出来……？

停顿。

艾　米　这次交易你还在用鲍里斯·普朗斯基吗？

梅尔金　艾姆①……

艾　米　鲍勃，你不再需要他了。

梅尔金　我需要。

艾　米　你不需要。

梅尔金　这个体系被操控着用来保护守旧派。法律都是为了保护他们的利益而制定的。要是按他们的规则来玩儿，我没法赢。你知道的。所以我需要鲍里斯去建仓或者抬高股价。如果不得不那么干——

---

① 艾米的昵称。

艾　米　你不再是个草莽小子了。你在聚光灯底下。你上了《时代》周刊封面。很多人盯着你。该停手了。

　　——梅尔金一家身上的灯光熄灭。
　　——舞台前方较远处的灯光照亮：
汤姆·埃弗森。

身边是奇兹克。

奇兹克　彼得曼可能会主导谈话。但别让这表象蒙蔽了你。梅尔金非常敏锐。他会严密地盯着一切……切记要提到你对低端钢铁市场的发展计划。
埃弗森　为什么？
奇兹克　那是他们会理解的部分。共同兴趣点。
埃弗森　我不想找什么共同兴趣点。公司不会出售，马克斯。我甚至不明白咱们为什么要跟这些狗娘养的见面——
奇兹克　汤姆。彼得曼已经填了文件。
埃弗森　跟美国证券交易委员会？
奇兹克　是。今天早上。他在大量购买公司股票。
埃弗森　老天。我们怎么阻止他？
奇兹克　杰姬在设法反击。但是现在，你需要持开放态度。
埃弗森　太他妈丢脸了。

——他们正后方的灯光亮起,露出:

马戏团餐厅①的餐桌。

  奇兹克和埃弗森走进灯光里,彼得曼站起身。所有人握手。

奇兹克 彼得曼先生,很高兴见到您。咱们以前见过。

彼得曼 是,是。当然。跟我父亲一起。

奇兹克 他还好吗?

彼得曼 挺好,挺好。跟平时一样,四处惹人烦。但他还行。(对埃弗森)我是伊兹·彼得曼。

埃弗森 汤姆·埃弗森。

奇兹克 感谢您大老远跑到西海岸来。

彼得曼 爱这城市。全世界最伟大的城市。

奇兹克 鲍勃在哪儿?

彼得曼 总迟到。习惯就好。

  此时,一位服务生出现。

服务生 (用法语)喝点什么,先生们?

奇兹克 给我杯冰茶。

服务生 没问题。②(对埃弗森)您还是老样子吗,埃弗森先生?

---

① 知名法国餐厅。
② 以上服务生与奇兹克的三句对话均为法语。

埃弗森　是的,赛尔日。谢谢。

彼得曼　我要无糖百事可乐。

服务生　我们只有可口可乐。

彼得曼　百事更好喝。你知道的,对吧?

服务生　我很抱歉,先生。

彼得曼　可口可乐给了你们多少钱,不让客人选他们自己想喝的?

服务生　先生,我不是老板——

彼得曼　(口气软化)你当然不是,现在倒变成我为难你了。

奇兹克　(插话,对彼得曼)这里的冰茶不容错过。

彼得曼　(对服务生)好吧。给我来那个。

　　　　　服务生点头,退场。

彼得曼　多好的位子,哈?

埃弗森　埃弗森专座。

彼得曼　能看到整个餐厅。郭士纳①在那边,是他吗?等等,那是李·艾柯卡②吗?

奇兹克　是的。

---

① 郭士纳(Louis Gerstner, 1942—),美国著名企业家,1993年至2002年担任IBM董事会主席兼首席执行官。
② 李·艾柯卡(Lee Iacocca, 1924—2019),意大利裔美国著名企业家,曾先后担任福特汽车公司总经理及克莱斯勒汽车公司总裁。担任克莱斯勒总裁期间成功地将公司的业绩扭亏为盈,获得"美国产业界英雄"的美誉。

垃圾

彼得曼　他妈的李·艾柯卡。你们占了餐厅里最好的位子。你肯定在这儿花了不少钱。

埃弗森　确实。

彼得曼　算在公司账上？（停顿）开个玩笑，汤姆。我能叫你汤姆吧，对吗？

此时梅尔金上场……

梅尔金　抱歉我迟到了。堵车。马克斯？

奇兹克　鲍勃。汤姆·埃弗森。

梅尔金　很高兴见到您。我是鲍勃·梅尔金。

埃弗森点点头，两人握手。梅尔金入座。

奇兹克　我们很高兴能听听你们的想法，先生们。

彼得曼　我们也很高兴来告诉你们。我不知道你们对我有多少了解——我是说——对我们，萨拉托加-麦克丹尼尔斯——

埃弗森　听说是跟保龄球设备有关。是吧，马克斯？

彼得曼　没错。我们从萨克拉门托的药店起步，发展成国际控股公司，经营保龄球设备、高保真音响、薄荷精华——

埃弗森　薄荷精华？

彼得曼　特别好的买卖。巨大的需求。不停增长。

埃弗森　好吧。

彼得曼　我拥有的全部公司都有一个共同特点。价值。因为那就是我理解的生意。我看待公司的方式就像园艺师看待一棵树。看到需要修剪的树枝。其他的，全砍掉。像这样的选择，需要勇气，汤姆。这就是我想给大家带来的。选择。勇气。革新。

埃弗森 抱歉……彼得曼先生，你对钢铁生意有什么了解吗？

彼得曼 我知道你们陷入了败局。工会、养老金、中国人。我知道这个国家里你们的竞争对手都在走向破产重组。我知道你父亲预见了这一切的到来——

埃弗森 我父亲？

彼得曼 所以他才会去收购跟钢铁毫无关系的产业——

埃弗森 我父亲创建的埃弗森公司稳坐道琼斯。他可不是靠造保龄球做到这点的。

彼得曼 每个人都得从什么地方起步。

埃弗森 我跟你先把这件事说清楚吧：我的公司不会出售。

彼得曼 （插话）你很担心吗？是不是？

埃弗森 我为什么要担心——

彼得曼 因为如果你担心的话，我想告诉你，我会给你非常慷慨的退职待遇——

埃弗森 我的退职待遇——

彼得曼 别误会——

埃弗森 （对奇兹克）马克斯，这家伙是认真的吗——

彼得曼 我不想让你离开公司。

埃弗森 你不想让我离开我自己的公司？

垃　圾

彼得曼　我想让你跟我一起干，汤姆。在同一个战壕里。肩并肩。我只想说，要是你担心的话……

埃弗森　为什么挑我们，彼得曼先生？嗯？我们到底做了什么吸引了你不友好的关注？我为了保住已经在我的家族和社群中传承了三代人的企业而战斗。你为什么就不能去找别的目标呢？找棵别的你能去修剪的树——然后尽情地往上面撒尿。

奇兹克　汤姆，你没必要——

梅尔金　没事，没关系。我们理解。这种事很容易让人情绪化。（*转而面对彼得曼*）伊兹，你介意先……？（*停顿*）埃弗森先生。恕我直言，我们都生活在市场中。对市场做出反应。跟市场共同成长。市场就是我们生存的法则。那些不遵从市场法则的人，你看，他们会掉队。当他们掉队了，就会引起注意。因为他们成了弱者。而弱者，最终，将被吞噬。（*停顿*）有时一家公司可以隐藏自己弱点——搞些会计手段。比如说，把一个部门的亏损算到另一个盈利的部门头上。那能争取到一些时间。但最终事实总会浮出水面。

埃弗森　你在威胁我？

梅尔金　恰恰相反。我想说埃弗森钢铁有非常伟大的前景。但那个未来不在钢铁上。而你似乎是唯一不理解这点的人。

埃弗森　谢谢你给我上课。我听说过很多关于你的事。都不是什么好话。

奇兹克　他不是那个意思——

埃弗森　哦,我就是那意思。(起身)抱歉让两位失望了,你们似乎很关心我的公司。但就像我刚才说的,公司不会出售。

彼得曼　今天股市收盘时,我将持有贵司7%的股份。

埃弗森　那离你拿到接近51%的股份,还有非常大的距离。(对奇兹克)我们走,马克斯。

彼得曼　我会出价四十块出头来收购。不行就继续加价。

埃弗森　祝您大展身手。

彼得曼　等股东们看到股价抬升了——

埃弗森　股东们?

彼得曼　他们会站在我这边。

埃弗森　去他妈的股东。

彼得曼　快要暴露本性了,是吧?

埃弗森　去你妈的。

埃弗森走出光区。

奇兹克留在后面。他起身。此时服务生端着饮料上场。

奇兹克　呃,谢谢你们,先生们,为此次——

梅尔金　没关系,马克斯。没人会往心里去。

垃圾

奇兹克 好吧,我想他可能会。(把他的餐巾放在桌上)祝两位今天愉快。

奇兹克退场。

—— 转到:

联邦检察官办公室。

朱塞佩·阿德索,纽约州南区联邦检察官。以及凯文·沃尔什——我们已经在阿特金斯的那场戏里见过他了。

沃尔什 你知道这种活儿能耗掉多长时间。你花了三年时间才找到卢切斯①的老大。

阿德索 这很值得。

沃尔什 报纸最爱这个——

阿德索 为社区服务。

沃尔什 报纸也爱你。联邦检察官,意大利裔美国人,追捕意大利裔美国人的有组织犯罪团伙。

阿德索 首先,以及首要的,是为社区服务。

沃尔什 这案子也是。

---

① 托马斯·卢切斯(Thomas Lucchese, 1899—1967),意大利西西里出生的美国黑帮首领,美国黑手党的创始成员。1951年至1967年,他是卢切斯犯罪家族的老大,该家族是纽约市主宰有组织犯罪的五大家族之一。

阿德索　我不确定是否能看出这点。我不确定有任何人能看出来。

沃尔什　这不是没有受害者的犯罪，乔。受害者是体制。那会引发——

阿德索　凯文。你已经跟了这案子七个月。抓到的都是些小虾米。你没法再靠动动嘴皮子让我对这事儿继续感兴趣了。

沃尔什　我有重大发现。总算是。

阿德索　这个小孩，阿特金斯？还不够。

沃尔什　我刚盯上他，他就已经帮我找到另一个目标了。奥黑尔。马克·奥黑尔。

阿德索　没听说过这人。

沃尔什　奥黑尔的交易量很大。大量卖空。

阿德索　卖空？

沃尔什　在股价下跌时通过这个赚到钱。

阿德索　没人理解这些狗屁。也没人在意。

沃尔什　你的意思是报纸不在意。

阿德索　没错。他们不在意。或许他们有道理。

　　　　　停顿。

沃尔什　这些家伙用暗号。丢掉腿，吞掉大船。他们管最上头的人叫白鲸。奥黑尔跟一个他们称为亚哈的人联络。亚哈认识白鲸。

阿德索　亚哈——那个船长?

沃尔什　这就是我想说的。这里头有大鱼。肯定有。让我继续跟进这个。

阿德索　授权令还能再给你三十天。但我没法再多给二十天了——

沃尔什　乔，我需要更多时间。

阿德索　这件事跟你有什么关系?你能从中得到什么?

沃尔什　我就不能只是想干好自己的活儿吗?你真的不理解吗?

阿德索　两周。只能给你这么长时间。然后我就要叫停了。

——转到:

埃弗森总部。

　　埃弗森、奇兹克和布朗特——她拿出来一些文件。

　　埃弗森接过一份文件。有些激动。

埃弗森　11%?彼得曼已经拿到11%的股份了?

奇兹克　截至今天上午。

埃弗森　怎么拿到的?

奇兹克　他在公开市场上购买股票。我们没法阻止他。

布朗特　暂时。我们暂时没法阻止他。(指着文件)但这个能。

埃弗森　这是什么？

布朗特　毒药丸①。一种防守战术，允许管理层——

埃弗森　我知道毒药丸是什么。

布朗特　我没想——

埃弗森　你多大年纪来着？

布朗特　我不确定这有什么——

奇兹克　（插话）她二十八岁。

埃弗森　好吧。

布朗特　有什么问题吗？

埃弗森　没有。我只是……对这种业务有点经验的人，马克斯——可能会让我感觉……我说不好——

奇兹克　杰姬是我们那儿最棒的人。成绩名列前茅，哈佛法学院。

布朗特　哈佛大学。哈佛商学院。哈佛法学院。

奇兹克　她跟了我们三年。她比洛桑公司的任何人都更了解这个领域。

---

① 毒药丸（poison pill，又称"股权摊薄反收购措施"或"股东权益计划"），是被收购的目标公司抵御恶意收购的一种防御措施，由于它不需要股东的直接批准就可以实施，故在二十世纪八十年代中后期被广泛采用。实施毒药丸计划的公司，由公司董事会事先通过一项股权摊薄条款，一旦敌意方收购公司一定比例的股份（通常是10％至20％的股份），即触发该条款生效，使公司原有股东能以较低的价格获得公司大量股份，从而抬高收购方的成本。

埃弗森　神奇女侠。明白了。

布朗特　我们准备这样安排毒药丸:如果有任何人成功获得埃弗森钢铁超过20%的股份——

奇兹克　指的是彼得曼。

布朗特　没错,但我们不能那样说。

埃弗森　好吧。

布朗特　如果有任何人拿到20%的股份,全部现有股东会自动将他们的股份转移给——

埃弗森　转移?

布朗特　以五十七美元的价格。

埃弗森　拿什么来付?

布朗特　债务。我们在考虑一年周期的债券。

埃弗森　谁来偿还?

布朗特　公司,先生。

埃弗森　我。

奇兹克　我们预计不会走到那一步。

布朗特　因为只要彼得曼拿到20%的股份,毒药丸计划一实施,股价就会从四十美元——今天早上是这个价——跃升到五十七美元。飙升40%。那就是毒药。

奇兹克　他吞了药丸,就会"轰"地爆炸。

　　　　停顿。

埃弗森　你是说如果他拿到20%的股份,股价就会跃升到五十七……

布朗特 完全正确。

埃弗森 但前提是我们同意以这个价格购买所有人的股份?

布朗特 是的。

埃弗森 那不是轮到我们"轰"地爆炸了吗?

布朗特 那不是重点。

埃弗森 哦,好吧。抱歉我错过了重点。

布朗特 毒药丸是威慑武器。

奇兹克 彼得曼会提起诉讼。真正的重点是争取时间。

埃弗森 争取时间干吗?

布朗特 向股东们提出买方还价。

埃弗森 去他妈的股东。

布朗特 不管你愿不愿意,公司已经被套进这游戏里了。总有人要买下它。买家也可以是你。

埃弗森 它本来就是我的!

奇兹克 很快就不再是了。如果你不采取行动的话。

埃弗森 用五十七块回购股份根本无法维持——

布朗特 那不是——

埃弗森 (抢话)四十块我们都承受不了!三十五块的时候我们都承受不了!

布朗特 如今我们可以通过借债解决很多问题。出售埃弗森钢铁的垃圾债券能让你——

埃弗森 那样借债会害死这家公司!我们赚到的每一分钱都会被还债给吸得一干二净。我们需要那些钱去翻修工厂。我们不能这么干。

奇兹克 那我们需要找到一个不卖垃圾债券也能做成这事儿的有实力的人。

—— 灯光转为只照亮:

布朗特。

在打电话。

—— 另一处灯光照亮:

里维拉。

也在打电话。记着笔记。

布朗特 我们准备用毒药丸阻止交易。

里维拉 不赖。怎么安排?

布朗特 一旦彼得曼拿到20%的股份,每股涨到五十七美元。

里维拉 现金?

布朗特 债务。

里维拉 哦。那我们赢了。

布朗特 你只能提起诉讼。毒药丸会给我们争取时间。

里维拉 做什么?

布朗特　找到白骑士买家①。

里维拉　哦，对。

布朗特　马克斯想去找特雷斯勒。

里维拉　利奥·特雷斯勒？那他妈的碎嘴子？

布朗特　非常有钱的他妈的碎嘴子。他是个很好的生意人，劳尔。

里维拉　现在这个价？不管谁想买都得来找鲍勃筹钱。他是唯一能筹到这么大笔钱的人。

布朗特　埃弗森不会找你们的。第一城拼死都要接下这种交易。咱们说的可是五千万，甚至七千万佣金的大买卖……

里维拉　是我们做的局，杰姬。我知道佣金有多少。

布朗特　你干得真不错，劳尔，你怎么不多买几次单呢？

里维拉　随便你怎么说。

布朗特　确实是你们先做的局，但不代表游戏属于你们。现在每个人都想捞一份儿。

里维拉　所以你为什么要跟我聊这交易呢？你不该跟我讲话

---

① 白骑士买家，指向另一间公司提供协助的集团公司、私人公司或者个人。白骑士向遭受第三方恶意收购的公司提出善意收购。白骑士进行收购的目的是阻止第三方以较差的条件或价钱收购目标公司。白骑士可以提出更好的条件或价钱，以抬高收购价格，或击退进行恶意收购的公司。

垃 圾

的。要是你没想跟我们做成这买卖的话。

布朗特 就是那么回事。

里维拉 要是你临阵退缩,不想再做我的小间谍的话……

布朗特 我需要学习如何做这种交易,劳尔。马克斯一窍不通。我需要有个前排座席。(忽然想到了什么)哦,顺便说一下,我们要起诉你们。寻找信息披露违规行为。

里维拉 嗯哼。

布朗特 也就是说传票要上门了。

里维拉 好啊,我们什么资料都没有。

布朗特 当然没有。

里维拉 不过谢了。挂了。

—— 灯光照亮:

梅尔金坐在桌前。

里维拉走进来。

里维拉 刚跟我在埃弗森的内线通了电话。

梅尔金 然后呢?

里维拉 毒药丸。

梅尔金 想到了。

里维拉 以及,他们准备去找外部买家。

梅尔金 谁?

里维拉　利奥·特雷斯勒。

梅尔金　不担心。

里维拉　以及，他们准备起诉我们。

　　　　这引起了梅尔金的注意。

梅尔金　告我们什么？

里维拉　寻找信息披露违规行为。

梅尔金　不太妙。

里维拉　传票来之前把所有证据都处理掉就行。

梅尔金　是，没错。

里维拉　只是……

梅尔金　什么？

里维拉　我是你的律师，鲍勃。你不会希望自己律师手上沾了腥。

梅尔金　劳尔，我花钱雇你不是听你跟我说这种话。

里维拉　我明白——但——

梅尔金　好吧。没事。让夏琳去办。

　　　　停顿。里维拉点头。

—— 灯光照亮舞台后方某处：

碎纸机。

　　灯光照亮这一区域后，梅尔金的秘书夏琳打开碎纸机。

　　里维拉走进光区，开始向她"解释"——我们听不到声音——随后夏琳开始粉碎文件。

文件继续粉碎着，此时我们……

——返回：

梅尔金的办公室。

彼得曼现在加入进来，手里拿着报纸。他踱着步，一边读报一边讲话。梅尔金继续在本子上算着数。

彼得曼　你看到莱文那文章了吗？《华尔街日报》上那篇？讲我们的？

梅尔金　没，怎么了？

彼得曼　头版。原文——"希望美国公众能理解，这些傲慢、年轻的犹太金融家并不能代表美国所有的犹太人。他们的贪婪是自己的问题。"——原文结束。

梅尔金　莱文是那些贵族阶层的傀儡。他只是迎合那些人，说他们想听的话。那些特权阶层的人出来大干特干赢得一切的时候？他们获得战利品的时候？就是生活、自由、追求幸福。等我们这么干时？突然就成贪婪了。或者是劳尔这种人呢？就变成外国佬买空了我们的国家。

彼得曼　是啊，但这是莱文，鲍勃。他是我们的人。

梅尔金　他不是我们的人。他是远古恐龙。

彼得曼　一样啊。我的意思是……

梅尔金　他父母不是死在奥斯维辛还是哪儿了？

彼得曼　不只是他的父母。我想每个人都有两面性吧。

梅尔金　那种人总是在等炉子什么时候再烧起来。他们活在恐惧里,伊兹。

此时,里维拉走回来。

里维拉　搞定了,鲍勃。

梅尔金　劳尔,你的内线说毒药丸的价格是多少?

里维拉　五十七。

梅尔金　(点头,计算着)五十七意味着……

彼得曼　(很担忧,插话)高出去三分之一还多。

梅尔金　(计算完毕)二十二亿……

彼得曼　老天爷。

梅尔金　我们已经接近二十亿了。我们得打电话。卖掉更多债券。

里维拉　那就是毒药丸。

梅尔金　更像咀嚼维生素。

里维拉　小熊软糖。

彼得曼　鲍勃。

梅尔金　怎么了?

彼得曼　那可是一大笔债务。

梅尔金　你操什么心?

里维拉继续说。

里维拉　顺便一说……

彼得曼　什么？

里维拉　让你的人把八月份之前跟维罗妮卡有关的所有记录都删掉。

彼得曼　为什么？

里维拉　我的内线说他们准备起诉。

彼得曼　告什么？

里维拉　信息披露违规。

彼得曼　我他妈的告诉过你吧。

里维拉　会没事的。

彼得曼　没事？我的屁股要被吊起来打了——

里维拉　没有谁的屁股会被吊起来——

彼得曼　你们他妈的这些家伙。

里维拉　快打电话吧。

梅尔金　好好处理。

——灯光熄灭。

——灯光照亮：

梅尔金。

在打电话。

——对面的灯光照亮：

普朗斯基。

接起电话。

普朗斯基　普朗斯基。

梅 尔 金　鲍里斯，是鲍勃。我们遇到点问题。

普朗斯基　我现在该做什么？

梅 尔 金　不。是埃弗森钢铁。管理层还看不清状况。他们打算跟我们开战。

普朗斯基　好吧……

梅 尔 金　我想是时候让他们尝尝普朗斯基的厉害了。

普朗斯基　多厉害？

梅 尔 金　一管子。打在膝盖上。

普朗斯基　你想让我出空股票吗？

梅 尔 金　全卖掉。我要看到股价大跳水。狠狠跌。

普朗斯基　成。

—— 梅尔金身上的灯光熄灭。

普朗斯基。

　　挂掉电话。随后拨号。

—— 灯光照亮：

奥黑尔。

普朗斯基　马克。

奥 黑 尔　大嘴婆。

普朗斯基　天哪，马克。

垃　圾

奥 黑 尔　　好了，好了。

普朗斯基　　我收到消息。白鲸发的。

奥 黑 尔　　她喷水了。

普朗斯基　　埃弗森钢铁。

奥 黑 尔　　说点我不知道的吧。我天天就死缠着这个傻蛋呢。

普朗斯基　　好吧，你最好开始抛售。

奥 黑 尔　　为什么？

普朗斯基　　照办就是。

奥 黑 尔　　喔，喔，喔。我可不是你的小哈巴狗，鲍里斯。

普朗斯基　　我在帮你忙呢。

奥 黑 尔　　告诉我到底怎么回事。

普朗斯基　　你是要锁定收益，还是损失收益，就这么回事。

奥 黑 尔　　白鲸怎么说？埃弗森这把还搞不搞？

普朗斯基　　抛售，马克。

　　　　　　停顿。

奥 黑 尔　　我明白了。

普朗斯基　　明白什么？

奥 黑 尔　　明白你就像个监狱里的婊子似的跪舔莫比。

普朗斯基　　马克。抛售。

奥 黑 尔　　去你妈的，鲍里斯。

普朗斯基　　要不就别卖。我才懒得管你。

　　　　　　普朗斯基挂掉电话。

>——普朗斯基身上的灯光熄灭。

奥黑尔。

>拨通另一个号码。

>>——灯光照亮:

阿特金斯。

>以及他身旁的沃尔什——戴着耳机,面前是盘式磁带录音机。

阿特金斯　阿特金斯。

奥 黑 尔　德夫,德夫,德夫。

阿特金斯　嘿,马克。

>阿特金斯冲沃尔什点点头。沃尔什按下录音机开关。磁带旋转起来。

奥 黑 尔　亚哈来信儿了。

阿特金斯　说什么?

奥 黑 尔　狠狠抽他妈的埃弗森钢铁。

阿特金斯　好的。

奥 黑 尔　担心丢了那条腿。

阿特金斯　开始抛售?

奥 黑 尔　跑步退场。

阿特金斯　所以收购告吹了?

奥 黑 尔　话是这么说的。

阿特金斯　开始抛吗?

奥黑尔　一股不留。

阿特金斯　抛售埃弗森。收到。

　　　　　沃尔什瞪了阿特金斯一眼。敦促着，有些生气。

阿特金斯　马克，马克。先别挂……

奥黑尔　什么事儿?

阿特金斯　嗯……亚哈是谁?

奥黑尔　问这干吗?

阿特金斯　不知道。我就是听说了一些事儿。我不好说……你知道的……关于那些CEO什么的。

奥黑尔　CEO?

阿特金斯　是那篇报道。关于他们有些人如何通过交易信息赚钱，然后——

奥黑尔　德夫。

阿特金斯　你知道，就让我想到了亚哈，或许他也是那种——

奥黑尔　德夫。

阿特金斯　怎么了?

奥黑尔　闭嘴。(阿特金斯沉默)我帮你赚到钱了吗?

阿特金斯　是，赚到了。马克。当然。

奥黑尔　那就别他妈的问这些，让你干吗就干吗。出清。埃弗森。

阿特金斯　收到。

―― 转到：

埃弗森。

―― 以及：

奇兹克。

埃弗森　天哪，马克斯。发生什么了？股价两个小时里跌了12%。董事会成员都在恐慌地给我打电话。

奇兹克　华尔街交易员都在传小道消息，说交易没戏了。

埃弗森　什么交易？

奇兹克　汤姆，把你的脑袋从沙子里拔出来。假装看不见解决不了任何问题。

埃弗森　你怎么阻止这事儿？

奇兹克　杰姬还在推进毒药丸计划。我一小时后会跟特雷斯勒见面。我们有进展了。他很感兴趣。

埃弗森　真他妈是场噩梦。

―― 灯光转为照亮：

特雷斯勒办公室。

特雷斯勒和奇兹克。

特雷斯勒　跌了12%。

奇 兹 克　我最后一次查是这样。

特雷斯勒　　给汤姆施压,逼他同意收购,好让股价回升。

奇兹克　　差不多。

特雷斯勒　　梅尔金在给你们下套。你们不想接球?他就让你尝尝不按他想要的去做是什么滋味儿。大家什么时候才能认清这家伙的真面目?

奇兹克　　他操纵了市场,利奥——

特雷斯勒　　他不是操纵了市场。他**就是**市场。鲍勃·梅尔金就是债券市场,要是大家不采取行动,他很快会成为股票市场,然后没等我们反应过来,他就会拥有这该死的国家了。别让我开始提这个——

奇兹克　　好吧——

特雷斯勒　　在梅尔金之前?你觉得有任何人知道那狗屎玩意是什么吗?就跟他们的叫法一模一样。垃圾。没人要,没人想要。然后这个不择手段的小人入场了。

奇兹克　　利奥——

特雷斯勒　　给像萨拉托加-麦克丹尼尔斯这样毫无价值的公司提供肮脏的贷款,好让他能出售他的疯狂纸片儿。

奇兹克　　我以为你不想——

特雷斯勒　　这家伙,彼得曼?伊斯雷尔[①]·彼得曼?我想说这家伙是谁啊?保龄球?他们要给他筹二十亿美元喂这条

[①] Israel,与"以色列"的英文拼法相同。

　　　　　　水蛭长大？梅尔金在改变市场环境。记住我这话，马克斯：不阻止他的话，那个夏洛克①会毁掉这个国家。

奇兹克　够了。

特雷斯勒　怎么了？

奇兹克　这话跟我说？没关系——

特雷斯勒　什么没关系？

奇兹克　跟我，你可以畅所欲言。但在外面？

特雷斯勒　你到底想说什么？

奇兹克　夏洛克？不择手段的小人？

特雷斯勒　那就是他。

奇兹克　找个别的称呼吧——

特雷斯勒　马克斯，那家伙让像你这样的好犹太人背上恶名。

奇兹克　好犹太人？

特雷斯勒　是啊。

奇兹克　别说了。

特雷斯勒　别跟我这么严肃。

奇兹克　利奥。

特雷斯勒　别跟那些过分敏感的人一样——

奇兹克　你是个很好的生意人。咱们还是谈生意吧。埃弗森

---

① 夏洛克，莎士比亚名剧《威尼斯商人》中靠放高利贷获利的贪婪的犹太商人。此处指代梅尔金。

钢铁需要你。汤姆对公司发展很有远见。他能扭转局面。他只是需要时间。你参与进来能帮他争取时间。

特雷斯勒办公桌上的对讲机打断对话。

对讲机　先生……

特雷斯勒　抱歉。等一下。（对着对讲机）说……

对讲机　朱迪·陈找您？

特雷斯勒　接进来。（拿起话筒）朱迪，嗨……

—— 灯光照亮陈。

拿着电话。

陈　特雷斯勒先生。我收到您的消息了。我很愿意接受邀请。

特雷斯勒　太好了，太好了。

陈　商务晚餐？鸡尾酒会？正式晚宴？

特雷斯勒　正式晚宴。我会安排车去你家门口接你，六点半。

陈　一会儿见。

特雷斯勒　非常期待。

—— 陈身上的灯光熄灭。

回到特雷斯勒和奇兹克。

特雷斯勒　（转回去对奇兹克）真正让我担心的，马克斯——是就连像洛桑公司这样的好银行，就连你，也会被诱惑。这里面有太多钱可赚了，你不会站在场边旁观太久的。

奇兹克　那种事不会发生。不会。相信我。

> 停顿。

特雷斯勒　我可以接受交易。但垃圾债券不行。我不会用垃圾债券来交易。

------ 随着奇兹克退场，灯光转换。

特雷斯勒独自在舞台上。

> 他思考着。
>
> 他在办公桌后走来走去，随后按下对讲机。

特雷斯勒　艾伦。

艾　伦　在，特雷斯勒先生？

特雷斯勒　打给联邦检察官办公室。帮我跟乔约个时间。喝酒，午饭，他方便的话什么都行。

------ 转换到：

朱迪·陈。

> 面对观众讲话。

陈 访问机会。我想得到访问机会。(停顿)特雷斯勒那晚带我去了大都会俱乐部[1],沃尔特·里斯顿[2]和布鲁克·阿斯特[3]在那里跟当时还是无名小辈的艾伦·格林斯潘[4]挤坐在一起,互相吹捧。我很惊讶地发现画家和诗人——甚至还有剧作家——也"混迹"其中。敢于向权力说真话的时代似乎已经结束。但是我想写的这本书已经在心里成形,我要用这本书,彻底摧毁金融行业这个新兴的虚假信仰中的所有伪善。(停顿)那晚离开时,我遇到了伟大的琼·狄迪恩[5]。她在跟一个壮实、阴沉、秃顶的男人争论。罗伯特·梅尔金的名字在他们的谈话里不断被提及。他认为梅尔金非常有远见,在铺平通往新耶路撒冷的道路。狄迪恩笑得太厉害,嘴里的酒都喷了出来。每个人都在谈论梅尔金。为

---

[1] 大都会俱乐部,位于纽约曼哈顿上东区的著名私人社交俱乐部。成立于1891年,曾经只对男性开放,后允许女性进入。吸引美国众多名流成为其会员。

[2] 沃尔特·里斯顿(Walter Wristons,1919—2005),美国著名银行家,1967年至1984年担任花旗银行及花旗集团的首席执行官。

[3] 布鲁克·阿斯特(Brooke Astor,1902—2007),美国著名慈善家、社交名流、作家。

[4] 艾伦·格林斯潘(Alan Greenspan,1926—),美国犹太裔经济学家,1987年至2006年担任美国第十三任联邦储备委员会主席,曾被认为是美国国家经济政策的权威和决定性人物。

[5] 琼·狄迪恩(Joan Didion,1934—2021),美国随笔作家、小说家。代表作:《向伯利恒跋涉》《奇想之年》等。

了得到一次采访机会，我已经努力尝试了好几个月。我在门厅逗留了很久，直到狄迪恩跟他讲完话，然后我走向了那个阴沉的男人。我问他是否认识梅尔金。他认识。梅尔金的垃圾债券为他最新建起的摩天大楼——第三大道上一个饱受争议的新碍眼玩意——提供了资金。我求他帮我引荐。他收下了我的名片。第二天，梅尔金的办公室打来电话。访问机会，真的来了……

—— 她走进：

陈/梅尔金的采访。

梅尔金 以拉丁裔美国人社群为例。你找不到比他们更努力、更智慧、更有进取心的人了。他们让美国变得更强大、更好。但紧接着，你看到可怕的统计数字。拉丁裔拥有的公司几乎拿不到任何企业启动资金，拿不到融资。你觉得这是什么原因？

陈 您是想说美国企业界存在种族歧视吗？

梅尔金 不亚于我们社会中其他任何地方。我还想说的是，唯一真正能消除这种歧视的方式是什么？财富。因为财富就是美国人生活里最伟大的平等。

陈点点头。随后转移话题。

陈 您说过债务是一种资产。

梅尔金　我说过。

陈　对很多人来说，这种关于债务拥有价值的想法是令人困惑的。

梅尔金　什么是债务？是清偿的承诺。有了这承诺，其他一切都能流动起来。债务是孕育了万物的无有之物。

陈　这话相当抽象。

梅尔金　是吗？那什么是金钱？债务是一张纸。美金钞票不也是纸吗？是美国政府承诺了会兑现纸片上这些债务的票面价值。

陈　好吧。

梅尔金　那么美国政府是如何兑现这些债务的呢？

陈　您在问我吗？

梅尔金　是的。

陈　出售国债。

梅尔金　通过出售债务来兑现债务。山姆大叔出售债券来创造金钱。我们干的是同样的事。出售债券来创造价值。

陈　您在拿您自己跟美国政府做比较，梅尔金先生。

梅尔金　实话讲，我想说我们干得比美国政府还要出色。

—— 灯光转/扫到：

一家酒吧。

　　特雷斯勒和阿德索并排坐着。都穿着西装。面前摆着正午马提尼酒。

特雷斯勒　你就别自欺欺人了。达马索会挑自己人继任的。
阿 德 索　他在排挤我。
特雷斯勒　因为你是个威胁。但他得到了共和党那边的支持。你想上位？到最后还是必须选边站。
阿 德 索　我知道。
特雷斯勒　有了你过去已经获得的成绩？别掉链子。你是赢家。别给他们机会把败绩挂到你脖子上。
阿 德 索　我老婆一直这么跟我说。
特雷斯勒　去他妈的参议院。去他妈的参议院吧，咱们还有市长竞选呢。从南区联邦检察官，到入主市长官邸玫瑰西园。
阿 德 索　听着确实不错。
特雷斯勒　这不伤脑筋。我在这座城里有一大群朋友，乔。我两手被反绑在身后，也可以筹资帮你竞选。
阿 德 索　手在身后？
特雷斯勒　被反绑着。

—— 灯光扫/回到：

采访。

梅尔金　因为债务就是力量。

陈　怎么会?

梅尔金　债务迫使人遵守规则。做出明确决策。想想你自己的生活吧。每月要按时还车贷、房贷。你要先还清这些贷款才会买别的,对吧?

陈　是的。

梅尔金　你根据那些数字制定预算。你根据那些数字调整你的生活方式。公司的债务负担也是同样的道理。它能破除妄想。它很明确。清理掉资产负债表上一切不必要的项目。

陈　那么您认为这种操作为什么会遭到那么多抵制?

梅尔金　从我们出生那天开始,就会听到些什么? 储蓄是好事。借钱是坏事。不要背上债务。但这都是开倒车,不是吗?

陈　怎么说?

梅尔金　债务意味着全新的开始。你借钱来做事,创造事物,从头做起。要是我们不再对此感到羞耻会怎样? 我们能创造出多少财富? 老天啊。我们能创造一个全新的美国。

——— 灯光扫/回到:

酒吧。

阿 德 索　好吧,好吧。我明白了。

特雷斯勒　明白什么?

阿 德 索　你有所求。想要什么?

特雷斯勒　乔,我是你的支持者。

阿 德 索　我知道你是。我也知道你有所求。你就直说吧。要是我能帮上忙,利奥,你知道我会帮的……

停顿。

特雷斯勒　你不是跟我提过你们的人在关注华尔街的事儿吗?

阿 德 索　案子?

特雷斯勒　对。你们查出什么名头了吗?

阿 德 索　我不能跟你谈论那个,利奥,拜托。

特雷斯勒　但我可以跟你谈。对吧?

—— 灯光扫/回到:

采访。

陈　但是当您制造出的这些债务开始违约不偿还时,会发生什么呢?

梅尔金　我们已经做了十五年。还从未发生过。

陈　但有可能发生。

梅尔金　这是值得冒的风险。我们不能活在恐惧里,陈小姐。我看到我父亲一辈子就活在恐惧里。我看着他的激情枯竭。我看着他干枯老去。

陈　　　　您父亲是位会计师。

梅尔金　　是，他是。他教会了我很多。除了冒风险。我能理解。他过得很艰难。但艰难不该成为让别人阻止你的理由。

陈　　　　阻止您做什么？

梅尔金　　成为你想成为的那种人。

——灯光扫/回到：

酒吧。

特雷斯勒　大家不喜欢他，乔。他们希望有人来阻止他。

阿 德 索　利奥。收购是合法的，垃圾债券也好，不是垃圾债券也罢。我不知道你想听我说什么。

特雷斯勒　这家伙做的交易不一样。

阿 德 索　怎么不一样？

特雷斯勒　交易额很大。巨大。他最近的把戏？他尝试收购埃弗森钢铁。要是他得手了，会有一万、一万五千个岗位消失，瞬间没了。而且也不知道他什么时候会收手。因为一旦他上了道琼斯，就离染指波音、美国铝业和西屋电器一步之遥了。美国制造业。

阿 德 索　埃弗森钢铁？

特雷斯勒　道琼斯。乔，这是大卫对决歌利亚①。大卫能获胜的唯一办法？只有打破规矩。

—— 灯光扫/回到：

采访。

陈　您的批评者相信您篡改了规则。会为了做成交易不择手段。

梅尔金　我想这话是事实。

陈　您违反过法律吗？

梅尔金　你说什么？

陈　您有没有为了做成交易而违法？

梅尔金　绝对没有。

陈　您是否通过市场上的代理人来强行为收购创造条件？

梅尔金　没有。

陈　所以那些关于您泄露信息来操纵股价的传闻——

梅尔金　一派胡言。

---

① 歌利亚，传说中的著名巨人之一。根据《圣经》记载，歌利亚是非利士人的首席战士，带兵进攻以色列军队，他拥有无穷的力量，所有人看到他都要退避三舍，不敢应战。最后牧童大卫用投石弹弓打中歌利亚的脑袋，并割下他的首级。大卫后来统一以色列，成为著名的大卫王。

——灯光扫/回到:

酒吧。

阿 德 索　泄露信息?

特雷斯勒　利用那些信息来交易。

阿 德 索　内幕交易……

特雷斯勒　胡作非为,乔。胡作非为。他们跟诈骗团伙没什么两样。

阿 德 索　诈骗团伙。

特雷斯勒　这就是为什么好人处于弱势。

阿 德 索　埃弗森钢铁?

特雷斯勒　股票代码,ESU。

阿 德 索　梅尔金那家伙哪里惹到你了,利奥?

特雷斯勒　惹到我?瞧瞧他对国家干的好事。

阿 德 索　听起来似乎是他对你干了什么好事。

特雷斯勒　ESU,乔。埃弗森钢铁。

阿 德 索　我听见了。

特雷斯勒　据我所知,你可是南区联邦检察官。我只是想帮你做好你的工作。

——灯光扫/回到:

采访。

陈 在您帮助融资的公司里,您有没有秘密持股?

梅尔金 没有。

陈 去年您的税前收入是八亿美元,这是真的吗?

梅尔金 我们能私下聊几句采访以外的话吗?

陈 当然。

梅尔金 我不太喜欢你提问的指向性。还有语气。

陈 我们能回到采访上吗?(停顿)美国历史上从没有任何一个人能在一年里赚到那么多钱——除了阿尔·卡彭①。对此您有何评价?

梅尔金 到此为止。我的助理会送你出去。

梅尔金退场。

—— **灯光转为照亮:**

埃弗森。

宾夕法尼亚州阿勒格尼的钢铁工厂里。一位戴着安全帽的工会代表站在埃弗森前面……

工会代表 好了,都冷静一点。我希望你们所有人能表现得平静一点,放尊重一点。最近外面有很多流言蜚语,

---

① 阿尔·卡彭(Al Capone, 1899—1947),绰号"疤面",美国黑帮分子及商人,在禁酒时期获得名气,成为芝加哥犯罪集团的联合创始人及首领。卡彭通过暴力手段扩大并垄断非法私酒生意,获得大量财富。

因此埃弗森先生决定对近期发生的事情说点什么。(突然)杰西，要是你还在那儿叽里呱啦……好了。汤姆？

埃弗森　谢谢你，亚历克斯。很高兴跟大伙儿在一起。瞧，我知道过去几年我们遇到了很多问题。你们对我父亲，对他的父亲，还有我，都有些怨言。我们在很多事情上都站在对立面。有人跟我说，工厂更衣室里有张我爸的照片，大伙儿把嚼过的口香糖粘在上面，他们可能还干过更恶劣的事儿。我知道你们听到了传言。我知道你们很担忧。担心工作。担心工厂。我很理解大家会感到无助。(停顿)我还记得我爸第一次带我来这家工厂。那时我七岁。我站在那边的过道桥上，刚好看到他们把铁水倒进炼钢炉里。我戴着护目镜、安全帽，还有其他保护设备。我记得看到那些巨大的金属臂四处移动，好像从科幻小说里走出来的东西。钢水被倒进托架里，边缘飞溅出火花。液态闪电，我爸曾经那么叫它。他转头看我，对我说：儿子，有一天，这一切？你将负责照顾好它。(停顿)你们是我们的家人。你们是我的家人。你们一直都是。不管我们有什么分歧，有什么不同立场，无论如何，我们在两件事上永远团结一致。岗位和钢铁。

工　　人　那你为什么不停削减我们的工资？就因为我们是你的家人？

工会代表　肖恩。放尊重点。

埃弗森　现在是困难时期。我不会骗大家。但我父亲总是说，哪里有问题，哪里就有解决方案。我们会解决问题的。我向你们保证，向在座的每个人保证：只要我还活在这个世界上，就会让工厂继续运转，让大家继续倒出液态闪电。但愿工厂能活得比我更长久。

—— 转到：

梅尔金和他的妻子。

在家里。电视机开着。他很生气。

梅尔金　接着她就拿我跟阿尔·卡彭相比。

艾　米　怎么说？

梅尔金　说他是美国有史以来唯一能在一年里赚到那么多钱的人。

艾　米　她知道我们赚多少钱？

梅尔金　她以为她知道。数还差得远呢。（*停顿*）这就是为什么我不想跟媒体打交道。无脑。不断重复相同的清教式废话。有钱很坏——我们痴迷于金钱，总是赚不够——

但这很坏。贫穷很好——我们可不想跟穷扯上任何关系，上帝不允许我们落得贫穷的下场——但那很好。蠢到脑死亡。

艾　米　拿你跟卡彭相比很可笑。

梅尔金　不管可笑不可笑，要是她把这话印出来？所有人就都看到了。

艾　米　大家只会一笑了之。

梅尔金　她还追问我股本权证①的事儿。她问我们有没有收购目标公司的股权。

艾　米　我们有。

梅尔金　我跟她说没有。

艾　米　为什么？

梅尔金　她不可能找到证据。她没法知道我们的私人账户里都有什么。

艾　米　你为那些公司融资。你有权利获得股权。J. P. 摩根②也做同样的事儿。

---

① 股本权证，通常由上市公司自行发行，也可以通过券商、投行等金融机构发行，通常给予权证持有人在约定时间以约定价格购买上市公司股票的权利。
② J. P. 摩根（John Pierpont Morgan，1837—1913），美国著名银行家。他所创办的 J. P. 摩根公司曾是美国历史上最有声望的金融服务机构。2000年，J. P. 摩根公司与大通曼哈顿银行合并组成摩根大通集团，成为美国最大的金融服务机构，业务遍布全球五十多个国家。

梅尔金　他也是闷声发大财。

艾　米　这没什么不合法的。你没必要在这样的事上撒谎——

梅尔金　（插话）人们会觉得我想买下所有东西。我会买下整个国家。他们会觉得——

艾　米　你在创造所有这些财富。为每个人。为这个国家。你有资格获得自己该得的。

梅尔金　你不认为那会让我看起来很贪婪吗？

停顿。

艾　米　你要强大一些。

梅尔金　这话什么意思？

艾　米　你知道自己对付的是什么。比任何人都清楚。他们不想让你赢。但你会赢的。因为你更强大。

梅尔金　我现在可没感觉到更强大。

艾　米　好吧。

梅尔金　好吧，什么？

艾　米　好吧。你想让我给你留点空间自己生闷气？我可以。你想让我告诉你一切最后都会好的？我可以。你想让我抱着你脑袋叫你趴在我大腿上哭？我也可以那么做。但不管我做什么，等我做完了，什么都不会改变。你还是需要更强大一些。

停顿。

梅尔金　我知道。

艾　米　你现在感受到的不是他们的愚蠢。而是他们的嫉妒。你猜怎么着？嫉妒没有任何问题。他们看看你，就看到了他们也想得到的东西。这很正常。这就是美国人。

—— 画面交切：

阿德索和沃尔什。

在讲电话。

沃尔什　沃尔什。
阿德索　凯文。你在监听的那个小孩？
沃尔什　阿特金斯。
阿德索　对，阿特金斯——
沃尔什　我有了不少进展，乔。我希望能找到——
阿德索　你监听的电话里，有没有任何关于埃弗森的事儿？
沃尔什　埃弗森钢铁？当然。
阿德索　什么？
沃尔什　他们已经唠叨这事儿好几周了。先是买进。然后又抛掉。现在他们又开始买进了。
阿德索　他们又开始买进了？
沃尔什　从几天前开始。
阿德索　同一个人的指示？

沃尔什 消息来自一个他们称为亚哈的人。

阿德索 亚哈。

沃尔什 就是那个船长。《白鲸》？亚哈这代号从那里来的。记得吗？我说过，他们有暗号——

阿德索 我读过《白鲸》，凯文。

沃尔什 我就是想——

阿德索 真是服了。

沃尔什 抱歉。

阿德索 给阿特金斯打电话的人是谁？

沃尔什 一个叫奥黑尔的。马克·奥黑尔。

阿德索 （停顿）你有足够证据把他弄进来吗？

沃尔什 正式立案吗？我不知道。

阿德索 那有足够证据能吓唬他，撬开他的嘴吗？

沃尔什 我觉得可以。

阿德索 好。我们来收一下埃弗森这条线。看看能发现点什么。

—— 回到：

梅尔金家。

他们的电话铃声响起。两次。随后艾米的声音出现。

艾米/电话答录机 嗨。我们不在家。听到"哔"声后请留言。

垃圾

我们听到普朗斯基的声音。

普朗斯基 鲍勃,我不知道你在哪儿。我一直在找你。我在洛杉矶。在贝尔艾尔酒店。打给我。

随后是拨号音。随后安静。

艾　米 他打来两次了。发生了什么?

梅尔金 鲍里斯就那样。

艾　米 他找你什么事儿?

梅尔金 不知道。

再一次,电话响了。

又一阵铃声。

艾米/电话答录机 嗨。我们不在家。听到"哔"声后请留言。

普朗斯基 鲍勃,他们搞砸了我的预定。我得换个酒店。打到半岛酒店找我。打给我。

梅尔金没有起身去接电话。他们接吻。

艾　米 你在跟他做交易?

梅尔金 艾姆……

艾　米 你跟那家伙是怎么回事,鲍勃?你就不能控制一下自己吗?我想说,到底怎么回事?

梅尔金 艾米。他就打个电话。我不知道他想做什么。

艾　米 你没跟他做交易?

梅尔金 我没跟鲍里斯做交易。我保证。

———转到：

长椅。

黄昏。

暮光中，鲍里斯·普朗斯基就像他在前面的戏里那样踱着步。抽烟。

梅尔金出现在舞台侧翼。沉默。他慢慢靠近普朗斯基。他前进的步伐中有些阴暗的感觉。几乎像是在赴一场幽会。

普朗斯基从大衣口袋里拽出什么东西。是一张支票。他递给梅尔金，梅尔金接过来。

梅 尔 金　六百五。

普朗斯基　跟你说了我准备好了。

梅 尔 金　别再给我家打电话了。我之前告诉过你。

普朗斯基　我往办公室打找不到你。

梅 尔 金　不要。给我家。打电话。

普朗斯基　好吧。

梅 尔 金　埃弗森这事儿要变得棘手了。

普朗斯基　已经乱成一团了。

梅 尔 金　还会更糟。你赚了多少？

普朗斯基　赚多少？

梅 尔 金　埃弗森这笔交易目前你赚了多少？两百、两百五？

普朗斯基　你都盯着呢？

梅 尔 金　你利用信息做交易赚到的钱要分一半给我——

普朗斯基　我刚给了你一张支票——

梅 尔 金　是上次的交易。是那次交易的钱。我在说这次交易。

普朗斯基　好吧。

梅 尔 金　好吧?

普朗斯基　不是,我是说……当然。我准备好了。你知道的。

梅 尔 金　我知道吗?

普朗斯基　我欠你一切,鲍勃。你知道。

梅 尔 金　那就说出来。

普朗斯基　你成就了我。

梅 尔 金　再说一次。

普朗斯基　你成就了我,鲍勃。你成就了我们所有人。

　　　　　梅尔金沉默地盯着他看了片刻。

梅 尔 金　美国航空。

普朗斯基　是下个目标?

梅 尔 金　美国运通。

普朗斯基　老天。

梅 尔 金　固特异。柯达。福特。

普朗斯基　福特? 操。

梅 尔 金　雪佛龙……

普朗斯基　埃克森?

梅 尔 金　德士古。

普朗斯基　那通用汽车呢，鲍勃？

梅 尔 金　通用汽车、通用电气……

普朗斯基　我的天哪。

梅 尔 金　默克集团、麦当劳、明尼苏达矿业。

普朗斯基　所以，是说，整个道琼斯？

梅 尔 金　整个道琼斯。

普朗斯基　天哪。哦，天哪。

梅 尔 金　我们会全部拿下。

    第一幕结束。

第二幕

一个声音：

男　人　（画外音）欢迎参加今年"私人投资者大会"的主题演讲。我们的演讲者实在不需要介绍。他正是我们聚在这里的原因。他成就了我们所有人。女士们先生们，有请萨克尔-洛韦尔公司的罗伯特·梅尔金。

　　　　随后，梅尔金出现。

梅尔金　过去几周里，新闻中、报纸上充斥着各种关于一桩悬而未决的交易的难听话，这个房间里在座的各位都在密切关注这桩交易。那就是萨拉托加-麦克丹尼尔斯公司正在进行的对埃弗森钢铁的收购投标。这桩交易，当然，是由你们中的很多人提供的资金促成的。读到、看到新闻里那些内容，你们会觉得我们就像蝗虫，降临这片土地。新闻里不停放送小镇生活的画面，工人们走出工厂大门，戴着安全帽，拿着午餐盒，还有父亲们，他们说要是伊兹·彼得曼得逞，父亲们就将失去工作。他们说萨克尔-洛韦尔——实际上还有你们——在使用金融巫术摧毁令我们国家伟大的价值观。如果我们现在是蝗虫，那青蛙就在身后不远处了。(停顿)我完全无法苟同。美国现今存在的问题——无可否认确实有问题——与企业债务毫无关联。(停顿)我想说,围绕这桩交易所有贩卖恐慌的言论,那些关于美国制造业之死的诗意化描述——让我感觉好像走进了一场集体幻觉。一种怪异的、自私自利的信念,相信我们、美国人,不知怎么就是比其他人强。相信美国制造就是更好。不管是美国钢铁还是美国汽车,或电视机,或其他所有东西。不需要什么证据。只是些怀旧言论,讲述我们父辈所做的牺牲,以及他们有多伟大,而我们——这间屋子里的人——是如何危及他们留下来的遗产的。更别提那些种族歧视的长篇大论,说什么眯眯眼的亚洲人抄袭我们的产品,肮脏的西班牙佬抢走我们的工作。把所有那些诺曼·洛克威尔[①]式多愁善感的言论与种族歧视的长篇大论结合起来看,你们就能明白我们国家如今真正的问题在哪里。(停顿)现在外面的环境有种盲目性。那不是除了美元标志什么都看不到的人的盲目。不。那是一个不愿质疑自我的国家的盲目,不愿从市场经验中去学习。因为,你们看,市场在告诉我们,我们的钢铁就是

---

① 诺曼·洛克威尔(Norman Rockwell, 1894—1978),美国二十世纪早期的重要画家及插画家,作品横跨商业宣传与爱国宣传领域。

没有中国制造的钢铁受欢迎。我们的钢铁不够便宜，生产得不够快，没有任何方面的优势。我们的汽车同样如此，还有电器用具、电子产品。而日本人呢？造出的所有这些都更便宜。并且更好。那就是事实。本田是更好的车。这就是为什么我开着一辆本田。但我们在这个国家听到了什么？"我们是美国人。我们发明了汽车。我们建造了全世界有史以来最伟大的钢铁工厂。上帝保佑美国。"我们先抛开那些令人厌恶的假设——说得好像上帝不会保佑其他国家似的，说得好像一位美国父亲的工作对他家人来说比一位中国父亲的工作对他家人而言更重要似的。我们就先抛开那些谎言。那些幻觉。让我们只讲事实。事实是，他们在领先。事实是，我们需要理解原因。事实是，我们需要改变。如果你保持盲目，就无法改变。如果你无法改变，就会死。这就是如今这个国家的情况。

听众鼓掌，此时……

—— 转到：

萨克尔-洛韦尔。

梅尔金办公室。里维拉兴致勃勃地讲述着。彼得曼也参与着。梅尔金听着。

里维拉　我死死咬着他们。不管埃弗森钢铁抛出什么问题,我都提出反对。

彼得曼　正中要害,鲍勃,那场面看起来都有点滑稽了。

里维拉　不过法官一直支持我的反对意见。他们有的东西全是臆测。道听途说。

彼得曼　关于信息披露违规和保证金要求的所有事?他们没有任何证据。

里维拉　(对彼得曼)还好我们处理掉了所有文件。

彼得曼　但还是有些书面记录。提到了维罗妮卡。

里维拉　因此他们那边的律师——杰姬·布朗特,紧咬着那些,死死不放。顺便一提,要是我们需要新伙计,应该想着她点儿。

彼得曼　她从埃弗森他老爹跟维罗妮卡·莱克出轨的风流韵事讲起。拿出了剪报和照片。他父母是如何因此离婚的。

里维拉　我看不出法官是不是忍不住要喊出来了。

彼得曼　也许他在桌子后面听得下面都硬了。

里维拉　反对,法官大人。维罗妮卡指的是阿奇漫画[①]。贝蒂、维罗妮卡。笨瓜。

[①] 《阿奇漫画》(*Archie Comics*),美国畅销漫画,由鲍伯·蒙塔那和维克·布鲁姆创造,1941年开始连载。下文中的贝蒂、维罗妮卡和笨瓜均为《阿奇漫画》中的人物。

梅尔金　笨瓜?

彼得曼　彼得曼先生的下个收购目标是阿奇漫画的出版商。

梅尔金　他信了?

彼得曼　我想说我什么都收购啊。高保真音响。薄荷精华。

里维拉　接着,鲍勃,咱们的西塞罗,要求当庭发言。

彼得曼　法官大人,我们到底在谈论什么?我们应该谈论的问题是,它是否符合股东们的利益。这才是唯一的问题。股东们,先生,才是这件事里唯一重要的当事方。

梅尔金　重要的当事方?

里维拉　(对梅尔金)你会感到骄傲的。

彼得曼　据我所知,我们不是生活在金融独裁的国家里——只有董事会和CEO们才能决定去迎合谁的利益。埃弗森钢铁的管理层在横加干涉,阻止我实现股东价值的最大化。法官大人,这不合法,这太不美国了。

—— 转到:

埃弗森总部。

埃弗森、布朗特、奇兹克,以及特雷斯勒。

特雷斯勒　马克斯最开始带着做这桩交易的念头来找我时,我原本觉得,我不太确定。烫手山芋。大环境也不好。我不确定。但我查看了公司的账目,查看了你对钢

|||||铁厂的两年规划。里面有点内容。

埃弗森　总算有人认同了。

特雷斯勒　所以,这家在亚拉巴马的公司?

埃弗森　杰弗逊-泰特。

特雷斯勒　他们完成了你提到的那种翻新改造。

埃弗森　他们持有专有技术。把贝塞麦钢厂改造成小型钢厂。电弧炉。热轧带钢。那是拖垮我们的技术难题。他们会成为我们的战略合作伙伴。

特雷斯勒　好。我想让你了解一下我这人,汤姆。我不是罗伯特·梅尔金的玩具小兵。我不是伊斯雷尔·彼得曼。我是个赚实在钱的实在人。不做肮脏证券,不做疯狂纸片儿。

埃弗森　疯狂纸片儿?

奇兹克　他指的是垃圾债券。

埃弗森　那你打算怎么给这笔交易融资?

特雷斯勒　我这里有些人对你的制药部门很感兴趣。实现你的计划之前,我们还有不少活儿要干——

埃弗森　我不明白。你想卖掉制药厂?

特雷斯勒　你的计划很大胆,但我们需要钱去落实。

埃弗森　你想拆分公司?

特雷斯勒　只有这个法子才能筹到那么多钱。

埃弗森　我明白了。

特雷斯勒　这是场搏杀。每股我得掏出四十五块左右,才能超过彼得曼的开价。

布朗特　等等——
他不能跟我们讨论开价。

特雷斯勒　(插话)拜——托——洛杉矶的萨克尔-洛韦尔那帮混蛋破坏了那边的所有规矩来做成这笔交易。他们把我们拽进了泥坑,我们最好也做好准备弄脏自己的手。

布朗特　这是合谋行为。

特雷斯勒　现在还有什么人需要知道这事儿吗?

布朗特　没有。

特雷斯勒　因为你还想继续在华尔街工作,对吧?

埃弗森显然在与他忽然涌上来的情绪做斗争。

奇兹克　汤姆,现实地讲,这是唯一能跟股东们讲和的办法。跟利奥交易能给他们带来投资收益。你也为自己争取到了时间。每个人都得到了想要的东西。

特雷斯勒　筹码全押上。是唯一能干成这事儿的法子。

埃弗森无法再控制自己的情绪。

埃弗森　我需要点时间。

他退场。所有人面面相觑。

特雷斯勒　需要时间干吗?

奇兹克跟在埃弗森身后退场。

—— 灯光转为照亮：

走廊。

埃弗森强忍着眼泪。

奇兹克走到他身边。

埃弗森 我犯了什么罪，马克斯？嗯？

奇兹克 犯罪？

埃弗森 公司的状况一直不太好。我也知道。但我们挺过来了。一点点在靠近我们需要做出的改变。但现在呢？特雷斯勒在里面讲着要卖掉我父亲一生的事业来帮我筹钱，好买回原本由我祖父创立的企业。我们在倒退，马克斯。我哪里做错了？

奇兹克 没有，汤姆。你没有犯罪。

埃弗森 这就是未来吗？这就是我们期待着要发生的事吗？被全方位压榨，挤出每一分钱？

奇兹克 我希望不是。

停顿。

埃弗森 你知道阿勒格尼吗？

奇兹克 二十年前，我跟其他人一起去拜访过你父亲在宾夕法尼亚的那个家。但我们只在那儿待了不到一个晚上。

埃弗森 那个小镇或许都能改名叫埃弗森了。埃弗森街。埃弗森大道。埃弗森高地。埃弗森公共图书馆。埃弗森高

垃 圾　　　　　　　　　　　　　　　　　　　　　　　213

中。我想说它一直存在。三代人了。我们家族整整三代人都依靠着那些人的劳动而生活。他们成就了我们。他们成就了我们。没错，我们也回报了他们。但这只是事物的规律。

奇兹克 你是个好人，汤姆。

埃弗森 这跟是不是好人无关。这跟我们理解自己到底是谁有关。这不只是一次金融决策。我想说它确实是，但不只是为了股东利益着想。对公司来说，股东并不比成就了公司的那些人更重要。（转换情绪，叹了口气）我听起来肯定像头该死的蠢驴……

奇兹克 当然不是。

埃弗森 就算你觉得我是，也不会告诉我。（停顿）你信任特雷斯勒这家伙吗？

奇兹克 他是个心直口快的人。

埃弗森 他很喜欢听自己讲话。他能赢吗？

奇兹克 他会奋力一搏。

埃弗森 他能从中得到什么好处？

奇兹克 交易总额的2.5%。以现在的数据？接近四千万美元。以及一次当好人的机会。

停顿。

埃弗森 好。我们干吧。

——转到:

公园。

> 特雷斯勒、陈。享受着夜晚。

特雷斯勒 这不只是要给洛杉矶那个王八蛋一次他永远忘不了的教训。如果我觉得里头没有价值,最开始就不会碰这交易。有价值的。干好了,埃弗森是笔好买卖。

陈 但还是有什么事儿让你很困扰。

特雷斯勒 他们老板。你看,我认识他爸。一条鲨鱼。一条真正的鲨鱼。极其争强好胜。可不是壁花。是那种在高尔夫球场上逮到机会就羞辱你的人。还特乐在其中。

陈 一个斗士。

特雷斯勒 在他儿子身上我真看不出有像他的地方。

> 他们坐在公园的一条长椅上。

特雷斯勒 美好的夜晚,哈……

陈 确实。

特雷斯勒 这种夜晚让你很开心自己还活着。

> 特雷斯勒微笑。他指着远处,开始靠近陈……

特雷斯勒 你看到那栋楼了吗?外面有交错的露台那栋?

陈 看到了。

特雷斯勒 那是我的公寓。

陈 哪一间?

特雷斯勒　全都是。

陈　全都是？

特雷斯勒　从那个露台开始往上一直到……好吧，到……到楼顶全都是。

陈　喔。

特雷斯勒　是啊。地方不错。地方不错。

他吻她。她有些紧张。随后她放松下来。他们一直吻着……

———— 灯光转到：

朱迪·陈。

向台前走。对着观众讲话。有些忸怩，有些世故。

陈　尽管我们就在他家旁边，我还是带他去了我家。我想那样会减少点困惑。（*停顿*）我跟不少年纪大的男人交往过，所以对我来说，性不总是最重要的。（*停顿*）他很关注我的……他爬到我下面。我不太知道他在下面做了什么。他忙活了半天。我不停在想……他很自信，那很棒。但那是因为他有十亿美元吗？然后我又在想：他很自负。那不太棒。但那也是因为他有十亿美元。他身材还不错——对他这年纪来说——但那是因为他有私人教练和厨师为他服务。所以，还是关于钱。似乎我能想到的关于他的所有事，无论好坏，都能跟他的钱扯上关系。但随后我又在想，是他赚到了那些钱。不是每个人都能做到这点。所以或许围绕着他的所有事，或许它们就是他为什么——我想说——如何能赚到十亿美元。或许并不是金钱定义了他。或许是他定义了金钱。这念头、这想法……就在那时我高潮了。天哪。一次强有力的高潮。

—— 转到：

梅尔金办公室。

梅尔金和里维拉。边吃午餐，边工作。里维拉记着笔记。

里维拉 （念着）萨克尔-洛韦尔为企业筹措资本，以便——

梅尔金 不要用资本。资金好一点。资金大家能理解。资本有点儿，我不知道……怪异。吓人。

里维拉 萨克尔-洛韦尔为企业筹措资金，以便实现成长。

梅尔金 筹措资金，帮助企业成长。

里维拉 （点头）好的。

梅尔金 因为企业成长将创造出财富。

里维拉 这里用财富，不用资金？

梅尔金 资金先出现。然后是财富。一个是另一个的阶梯。

里维拉 好的。

梅尔金 企业成长将创造出财富。财富创造岗位。岗位创造更多成长、更多财富,带来可持续发展和滋养。人们得以供养家庭,送孩子去学校。这是上帝的工作。

里维拉 这就有点过了,鲍勃。

此时夏琳出现。

夏 琳 您妻子来了,梅尔金先生。我是不是——

梅尔金 当然。

里维拉 我发给公关部之前,你还想再过一遍这个吗?

梅尔金 拿掉"这是上帝的工作"那句,然后就发吧。

艾米出现。

里维拉 艾米。

艾 米 劳尔,你还好吗?

里维拉 挺好,挺好。

艾 米 玛莉索怎么样?

梅尔金 天哪,不要问。

艾 米 为什么?怎么了?她没事吧?

里维拉 玛莉索很好。

梅尔金 他厌倦她了。

里维拉 我不是厌倦——

梅尔金 她很会持家。你妈爱她。

里维拉 (对梅尔金)你非得提这事儿,到底想干吗?

梅尔金 等你安定下来有了家,劳尔——只会让你过得更好。你看着吧。等发生了，你就明白了。

里维拉　我会处理好这事的，行吗？还是你想让我妈也先过目一下？——再见，艾米。很高兴见到你。

里维拉离开。梅尔金走过来，吻他的妻子。

梅尔金　你来公司有什么事儿？

停顿。显然出了什么问题。

艾　米　我昨天去了斯蒂文的办公室。处理税务的事儿。看到一张鲍里斯·普朗斯基开的支票。六百五十万。不是开给萨克尔-洛韦尔的。是开给你的。斯蒂文不知道支票由头是什么。

梅尔金　好吧，他不会知道的。

艾　米　为什么？他是我们的会计。

梅尔金　就是……是我跟鲍里斯约定的一部分。

艾　米　你们的约定？

梅尔金　亲爱的。你干吗要——

艾　米　你为什么还要这么做？你说过——

梅尔金　我什么都没说过。

艾　米　你肯定说过。

梅尔金　我说了你想听的话。你就别管这事儿了好吗？

艾　米　所以现在跟我撒谎无所谓了是吗？

梅尔金　我需要他帮我做成这些交易。我需要打手。这就是现实。

垃　圾

艾　米　这么说吧，抛开我的工商管理硕士学位和我在华尔街的从业经历不提，我仍然不太理解这些交易都是怎么做成的。或许你确实还需要他帮你干些什么我无法理解的事。即便如此。也没有理由收他的钱。看在上帝的分上，你已经赚了那么多钱。还不够吗？再多六百五十万又能怎样？——

梅尔金　这是我唯一能让他保持忠诚的方式。

艾　米　你是认真的吗？

梅尔金　要是我不让他给我钱，他就忘了是谁说了算。我必须让他感到痛苦。掏出自己的钱的痛苦。商学院可不教这个。

艾　米　你知道他们还不教什么吗？如何保护自己，别被扔进监狱。收那些钱会暴露你。这是内幕交易。

梅尔金　该死。你觉得 J. P. 摩根是怎么赚到他那些钱的呢？洛克菲勒？卡耐基？他们违反规则。他们就是这样发财的。世界容忍这样。不对，世界爱这样。

艾　米　你不是在违反规则。你是在违反法律。

梅尔金　法律属于那些创造世界的人。这就是我在干的事。我在创造世界。

艾　米　你这算什么？

梅尔金　这叫冒险，亲爱的。冒险的感觉就是这样。

——艾米退场，走进来：

彼得曼、里维拉。

情绪激动……

里维拉　埃弗森肯定是跟利奥·特雷斯勒搞上了。

彼得曼　搞上了？他们都大搞好几天了。你们的内线没狗屁用。第一城打电话跟我说他们在交易了。

梅尔金　第一城？

彼得曼　今天早上。

梅尔金　他们想吓唬你从我们这儿跳船去找他们。太他妈明显了。

里维拉　第一城？

彼得曼　是的，劳尔。

梅尔金　他们要为此付出代价。

彼得曼　不只是他们。今天《华尔街日报》的社论也说我们会输。

里维拉　意外吗？不意外。

梅尔金　谁是《日报》编辑，伊兹？

彼得曼　那跟我们有什么关系——

梅尔金　谁是《日报》编辑？

彼得曼　我不知道。

里维拉　特伦斯·班克罗夫特。

彼得曼　好吧。

梅尔金　娶了玛丽·哈特利·班克罗夫特。

里维拉　是斯蒂芬·哈特利的妹妹……

彼得曼　斯蒂芬·哈特利……

梅尔金　是第一城的 CEO。

里维拉　"五月花号"一家人。

彼得曼　我他妈的。

梅尔金　他们那些人团结一致。我们也需要这样。（停顿）是时候搅浑水了。调整战术。

彼得曼　怎么做？

梅尔金　我说不好。得用点出乎意料的法子。

彼得曼　比如说？

梅尔金　一些他预料之外的事。他没法置之不理的事。（停顿）汤姆·埃弗森究竟想要什么，说到底？

里维拉　出生于大富之家。

梅尔金　没错。

里维拉　活在他父亲的阴影里。

梅尔金　所以别人的看法是他唯一真正在意的。

里维拉　如果他关掉那些钢铁厂，他就成了葬送家族几代人建立起来的事业的人。

彼得曼　所以他一定要让工厂维持下去。

梅尔金　不计后果。

彼得曼　这男人有拼死的决心。

梅尔金　好吧。他想吊死自己？给他根绳子。让他死得漂亮。

—— 转到：

埃弗森总部。

布朗特读着报价书。

埃弗森和奇兹克听着。

布朗特　彼得曼同意不出售钢铁部门。

埃弗森　什么？

布朗特　在八个月的期限内不向任何外部买家出售钢铁部门。在此期限内，他们会协商一个略高于市场价的价格，将其出售给你。

奇兹克　真的吗？

布朗特　还有呢。你的第一笔退职补偿是一千二百万。第二笔呢？一千八百万。总计三千万美元。

埃弗森　这是伪装成好处的侮辱。

布朗特　这是我听到过的最好的退职待遇了。

奇兹克　你看不出来吗，汤姆？他们慌了。你赢了。

埃弗森　怎么会？

奇兹克　他们要给你钱买回钢铁厂。

布朗特　但你也可以把这三千万落袋为安，转用债务来进行融资。能赚到五千万，甚至七千万美元。

埃弗森 我值那个两倍的价钱，还是无法改变现状，布朗特小姐。我不需要更多钱。

奇兹克 （拿过表单）股东们对此会非常满意的——

埃弗森 去他妈的股东。

奇兹克 最重要的是，它给了你空间，去跟看到了你所看到的远景的人合作——

埃弗森 没人看到我所看到的远景。特雷斯勒是唯一愿意试试的人。这不只是什么商业交易。

布朗特 那它是什么？

埃弗森突然发出一声沮丧的叹息。

埃弗森 我不想让伊斯雷尔·彼得曼跟这交易扯上任何一点关系！从这件该死的事情开始那刻起，他和他的朋友一心想侮辱我和这家公司的宝贵遗产。或许这就是他们那种人做生意的方式。但我不想跟他们扯上任何关系。

奇兹克 他们那种人，汤姆？

埃弗森 不跟彼得曼交易，马克斯。现在不行。星期六不行。永远不行。

埃弗森从奇兹克手里拿过报价书，撕碎了，把撕碎的信件递回给布朗特。走出去。

布朗特转身对着奇兹克。

布朗特　星期六？

奇兹克　我想说……

布朗特　马克斯，这样不对。

—— 迅速转到：

布朗特和里维拉。

在打电话。

里维拉　他给出理由了吗？

布朗特　他说那是伪装成好处的侮辱。

里维拉　他失去理性了。他放着五千万、七千万都不要。

布朗特　钱对他来说不重要。

里维拉　叼着他妈的银汤匙。感觉肯定不错。

布朗特　等我自己也叼上了再告诉你感觉如何。

里维拉　你和我都是，杰姬。你和我都是。

布朗特　特雷斯勒往他脑子里灌满了要让钢铁厂重振的大话。

里维拉　白日做梦。

布朗特　不然你觉得我为什么还在跟你说这些呢？

里维拉　鲍勃不会停手的。他不会让特雷斯勒或任何人的报价超过他。他永不餍足。所以他才是王者。

布朗特　劳尔——

里维拉　汤姆应该让彼得曼买下公司。彼得曼很乐意把钢铁厂

　　　　　卖给他们俩。然后他们就可以到一边去，想怎么玩钢铁就怎么玩儿。

布朗特　不可能。

里维拉　为什么？

布朗特　他说得非常明确。他不想让你们这些男孩跟公司扯上任何关系。

里维拉　到底怎么回事？

布朗特　好吧，说来也是好笑……

　　　　　—— 迅速转到：

萨克尔-洛韦尔。

　　里维拉，现在还有梅尔金和彼得曼。

彼得曼　星期六？

里维拉　他是这么说的。

彼得曼　这话到底什么意思？

里维拉　谁会在星期六做交易呢？

梅尔金　拜托，伊兹。

彼得曼　怎么了，鲍勃？

梅尔金　我们一辈子都在跟他这样的人打交道。当我们试图从他们的银行、他们的公司，不管什么地方，想找到份工作时，他们都会嘲笑我们。把我们的父亲拒之门外。我想说，看在上帝的分儿上，我的父亲？以最优成绩从他的学校毕业，布鲁克林大学，却无法得到一个面试的机会，不管是哈特福特、约旦担保，还是他决心要去的半打其他特权阶层公司。那本不该是个问题。这样一个人。忠诚。到了过分的程度。异常机灵。很擅长算数——

里维拉 令人震惊地擅长。

梅尔金 （继续）没错。但就是这样一个人，最后却落得终其一生认为自己能做的最好的事儿就是埋在木工活儿里。算干洗店和牙医的账目。就是这么一回事。但我们不会让他们阻止我们。我们会改变局面。彻底改变。

夏琳出现。

夏　琳 梅尔金先生，鲍里斯·普朗斯基在二号线。他说有急事儿。还有默里·莱夫科维茨还在三号线等您呢。

梅尔金 （对夏琳）知道了，夏琳。谢谢。（转回对彼得曼）我们要埋葬他们。不管出到多高的价格。

彼得曼 用什么钱，鲍勃？

梅尔金 我会筹资的。

彼得曼 但我想说……

梅尔金 什么？

彼得曼 到什么价位就开始——

梅尔金 你现在不想买它了？

彼得曼　不，不是。我想。

梅尔金　要是你不想的话，告诉我。这不是普通交易。

彼得曼　鲍勃。

梅尔金　我选了你。我可以再找其他人……

彼得曼　不，不是。我想买。我只是想说，我是要去运营这家公司的人。这可是一大笔债务。

梅尔金　你会搞清楚怎么办的。

　　　　—— 里维拉和彼得曼身上的灯光熄灭。
　　　　—— 一束光照亮：

普朗斯基。

　　　　—— 另一束光出现，照亮：

梅尔金。

梅 尔 金　怎么了，鲍里斯？

普朗斯基　你怎么样？

梅 尔 金　很忙。

普朗斯基　好吧，出了点问题。

梅 尔 金　什么问题？

普朗斯基　那张六百五十万的支票。

梅 尔 金　支票怎么了？我兑现了。

普朗斯基　是，我知道，我只是……

梅 尔 金　有话直说,真是的。

普朗斯基　是我他妈的会计,鲍勃。被撬开嘴了。现在他们想知道这笔钱是从哪儿来的。

梅 尔 金　谁想知道?

普朗斯基　一个审计员。

梅 尔 金　这跟我有什么关系——

普朗斯基　是普华永道,鲍勃。

梅 尔 金　没事——

普朗斯基　我们不希望这些出现在记录里——

梅 尔 金　我说了没事。

普朗斯基　我们能不能说那是——

梅 尔 金　不管你说那是什么,只要别说实话就行。

普朗斯基　你觉得我会那么——

梅 尔 金　什么?蠢?当然。为什么不会呢?

普朗斯基　鲍勃——

梅 尔 金　我没法轻易信任你做任何事。

普朗斯基　你为什么非得这么刻薄呢?

梅 尔 金　因为你喜欢。(*停顿*)夏琳! 夏琳!

夏　　琳　在,梅尔金先生。

梅 尔 金　鲍里斯·普朗斯基需要一些文书。他需要什么就给他什么。

夏　　琳　好的,先生。默里·莱夫科维茨还在三号线上等您呢。

梅尔金 谢谢。（转回对普朗斯基）埃弗森股价还要走高——至少到五十二。继续买进。

普朗斯基 现在这个价我已经快承受不了了，鲍勃——

梅尔金 让你干吗就干吗，鲍里斯。

普朗斯基 好吧。

梅尔金 别忘了。你赚的一半是我的。

—— 转到：

默里。

我们会想起在戏的开头部分见过他。现在的他看起来比那时还要更焦虑。

梅尔金 怎么了，默尔？

默里 嘿，鲍勃。

梅尔金 在呢。

默里 我，呃……需要你买下我那份。

梅尔金 买什么？

默里 萨拉托加-麦克丹尼尔斯的债券。

梅尔金 我们还在交易中期。伊兹向埃弗森提出了新报价。萨拉托加会赢下这回的。

默里 不是那样。

梅尔金　那是怎样？

默　里　是梅茜，鲍勃。

梅尔金　梅茜。

默　里　她对发生的事感到很生气，有人可能会丢掉工作，还有——

梅尔金　默尔，我明白。他们的公关紧咬着我们不放。会过去的。

默　里　鲍勃，我只是……那是她的钱。

梅尔金　你想让我跟她聊聊吗？我很乐意帮助她理解这事。

默　里　不，那没什么帮助。她觉得你是……

梅尔金　她觉得我是什么？

默　里　无所谓。我只是……我需要把钱拿回来。

梅尔金　好吧，好吧。（停顿）一美元兑换十美分。

默　里　什么？

梅尔金　我会买下你那份。一美元兑换十美分。

默　里　你怎么能……你答应过……你答应过要是我不想要了，你会买下我那份——

梅尔金　是的，我答应了。我答应了买下你那份。但我没答应过以什么价格买。

默　里　那就是五百万美元。我给了你五千万。

梅尔金　要么接受，要么放弃，默尔。（停顿）你想跟梅茜商量一下吗？

默　里　你知道吗？她说得对。你是个恶霸。

梅尔金　不，不，我是你的朋友。我了解你不了解的事。比如你到底想要什么。

默　里　我想要退出这交易。我只想拿回我的钱。像你承诺过的那样。

梅尔金　一美元兑换十美分。

默　里　我接受不了这价格。你知道我接受不了。

梅尔金　现在你明白了。

默　里　（情绪激动起来）鲍勃。求你了。

梅尔金　默尔。这笔交易。会搞定的。等搞定了，那些债券价格还会走高。你买得越多，就赚得越多。

默　里　（崩溃了）你不能这样对我。求你了。鲍勃。

梅尔金　默里……（长久停顿）默尔，你还在吗？

默　里　（哽咽）在呢。

梅尔金　听我说。先忘掉你老婆，忘了梅茜，就一会儿。先听我说完……

—— 默里身上的灯光熄灭。

—— 梅尔金走回到：

萨克尔-洛韦尔。

加入里维拉和彼得曼。

里维拉 默里想要什么？

梅尔金 他想再投两千五百万。

里维拉 你开玩笑。

彼得曼 赌一分是赌，赌一块也是赌。

里维拉 十年来最大的交易。

梅尔金 他不会后悔的。

彼得曼 要是你不能从朋友身上拿到钱，还能从谁身上拿到呢？

——萨克尔-洛韦尔的灯光熄灭。

—— 灯光照亮：

审讯室。

联邦检察官办公室。

里面聚集着阿德索、沃尔什、奥黑尔，以及辩护律师科里根·威利——有明显的爱尔兰血统。

阿德索 （对奥黑尔）我们抓到你不少把柄，内幕交易、操控股市、税务欺诈……

沃尔什 规避净资本管理要求……

阿德索 罪名还在增加。

威 利 我的客户没有任何过错行为。

沃尔什 我们不敢苟同。

威 利 就算你们抓到了有罪行为——可你们并没有——你们也

知道很难打赢上面任何一个案子。

沃尔什 你们想试试，就来试试。

威　利 不，你看，我的想法是什么？你们并不想去试。所以我们才会在这儿闲聊。因为你们想做个交易。

沃尔什 如果你愿意合作，我们很乐意，当然也会考虑——

威　利 别废话了，凯文。你又不是上电视。你听着像头他妈的蠢驴。

阿德索 嘿，嘿，嘿——

威　利 乔——

阿德索 科里根，我就想跟你说一句。RICO。

威　利 等等，什么？

阿德索 你听见了。RICO。

沃尔什 反勒索及受贿组织法——

威　利 （插话）我知道那是什么，凯文。

沃尔什 为了你客户的利益着想。

威　利 太可笑了。RICO是用来对付黑帮的。我的客户可不——

阿德索 适用RICO？我们只需要找到两项有关联的重罪和相同的犯罪模式。我们已经抓到了远远超过两项内幕交易的证据。并且显然，我们可以证明其中有相同的犯罪模式。你怎么看，凯文？

沃尔什 哦，我很赞同。

威　利 你要让我的客户成为人类已知第一个被指控适用

RICO的白领犯罪者？我没听错吧？

阿德索 他是这类案件一个很好的开头。

威　利 能给我点时间吗，请问？（停顿）跟我客户单独谈谈？

阿德索和沃尔什退场。

奥黑尔 他他妈的在说什么。

威　利 他想搞出头条新闻来。他们说他想竞选市长。

奥黑尔 RICO？我不是黑帮成员。

威　利 我的猜测是，他们知道你跟鲍里斯·普朗斯基的关系。他们想吓唬你给他们提供所需的证据，把普朗斯基抓进来。甚至为此不惜用RICO来告你。瞧瞧他们到底有多想把普朗斯基逮住。

奥黑尔 所以你是说……

威　利 RICO可能是唬人的。撇开RICO不提，他们还得说服陪审团。那可不太容易。

奥黑尔 所以我们不接受认罪协议？

威　利 我们反抗？你赢了呢？阿德索最后看起来就是个蠢驴。

奥黑尔 我也不用出卖鲍里斯……

威　利 如果那是唬人的话。（停顿）如果那不是唬人的……

奥黑尔 怎样？

威　利 根据RICO，他们不用等到有罪判决时再扣押财产。他们起诉当天就可以那么干。

奥黑尔 妈的。

威　利	而且 RICO 意味着三倍损害赔偿，马克。联邦调查局会拿走他们指控你非法盈利的三倍数额。
奥黑尔	三倍？
威　利	甚至在我们上庭之前。
奥黑尔	我没那么多钱，科里根。那会把我家底掏空的。
威　利	所以我想说的是，如果 RICO 这事儿不是唬人的，你死定了。

—— 灯光转为照亮：

特雷斯勒和奇兹克。

特雷斯勒看起来很不安。

特雷斯勒	我不知道。我不喜欢这感觉。四十大几块是一码事。你说的这个——风险越来越高了——
奇 兹 克	彼得曼的最新出价会接近五十二块。
特雷斯勒	你怎么知道？
奇 兹 克	市场知道。梅尔金一直在给各种人打电话，再多筹三亿美元。
特雷斯勒	太变态了，马克斯。
奇 兹 克	利奥——
特雷斯勒	这太变态了。记着我这话——
奇 兹 克	我们没时间做演讲了。我们需要做个决定。

特雷斯勒 我跟你说，涨到五十小几到五十五，我没那么多。

奇兹克 那我们找其他法子。

特雷斯勒 比如？

奇兹克 纸片儿。

特雷斯勒 纸片儿。你是说垃圾债券。

奇兹克 好吧，肯定不会是3A评级。

特雷斯勒 马克斯。你听进去我说的话了吗？听进去了吗？我这辈子说过的任何一句？

奇兹克 我跟你一样不喜欢在公司资产负债表上增加债务。我想说，它现在还是公司资产负债表。但你也知道市议会和州政府会跟进的。然后是消费者。再然后呢？

特雷斯勒 再然后我们就不再是一个国家了，马克斯。只是门生意。我们唯一会制造出的东西？只有债务。

奇兹克 汤姆还在制造钢铁，利奥。想继续坚持，他需要你。

特雷斯勒 开价到五十五块……我不知道。

奇兹克 你将成为拯救埃弗森钢铁的人。这个国家的每份报纸都会刊登你的照片。

—— 转到：

奇兹克和布朗特。

奇兹克 我们接近成功了。特雷斯勒同意了——至少理论上同意了——出到每股五十五美元。

布朗特　要出到五十五，他只能用上垃圾债券了。

奇兹克　他知道。

布朗特　他愿意吗？

奇兹克　他陷入太深了。现在这事关荣誉。

布朗特　五十五也不会让他摆脱掉彼得曼。

奇兹克　或许我还能让他再多加一块。但特雷斯勒不可能给到比那更多了。

布朗特　真不错。是我们促成的这笔交易。现在第一城掺和进来了。用垃圾债券帮他筹款。他们净赚七千万。

奇兹克　七千万？

布朗特　净赚。至少。

奇兹克　（低声地）我的老天。

布朗特　可我们从中一分钱都拿不到。一分都拿不到。因为我们不是募资的人。

奇兹克　我们也有酬劳。

布朗特　一百万，运气好的话，一百五十万。

奇兹克　我们应该对此满意。

布朗特　我们被甩在后面了。

奇兹克　那又怎样？

布朗特　马克斯。

奇兹克　不管我们赚了多少，杰姬，我们都有工作要做。这工作就是照顾好我们的客户。而不是试着找新法子从他们身上榨到更多钱。

布朗特 像第一城和萨克尔-洛韦尔这样的银行把我们甩在身后吃土。或早或晚，你最好的伙计也会跑到他们那边去做那种交易。

奇兹克 你在威胁我吗？

布朗特 现在还没有。

—— 奇兹克身上的灯光熄灭。

—— 灯光照亮：

里维拉和布朗特。

在打电话。

里维拉 你在逗我吗？

布朗特 可现在，特雷斯勒喋喋不休说了几个礼拜他有多恨垃圾债券以后——

里维拉 他妈的烂摊子。

布朗特 要是我再听到他说一次什么疯狂纸片儿——

里维拉 出价是多少？

布朗特 他妈的伪君子。

里维拉 杰姬，出价是多少？

布朗特 现在是五十五。

垃 圾

里维拉　还可以。

布朗特　之后可能到五十六。

里维拉　我们也能高过这个数。

布朗特　你们可能没时间了。

里维拉　你在说什么？

布朗特　马克斯想通过电话召开董事会紧急会议。

里维拉　什么时候？

布朗特　明天。

里维拉　他们不能那么干。

布朗特　他们不能。但他们就要干了。

里维拉　我们得坐飞机过去。

布朗特　有更多消息，我就给你打电话。

—— 转到：

奥黑尔。

　　在沃尔什身边。面前是盘式磁带录音机。沃尔什冲奥黑尔点点头，此时……

—— 灯光照亮：

普朗斯基。

普朗斯基　普朗斯基。

奥　黑　尔　去你的，鲍里斯。

普朗斯基　说什么呢?

奥黑尔　去你妈的。

　　　　　沃尔什看起来很不安。

　　　　　奥黑尔用手势比画着,意思是他知道自己在做什么。

普朗斯基　马克。

奥黑尔　我说真的,鲍里斯,我受够你了。

普朗斯基　你需要帮助,马克。你有点问题。

奥黑尔　他妈的没错,我是有点问题。那问题就是你。还有你让我买进的那2.25%的狗屎股票。

普朗斯基　埃弗森钢铁不是狗屎。

奥黑尔　把我他妈的账都给搞臭了。什么都买不了,该死的也卖不了,因为我所有现金都陷在这坨屎里了。

普朗斯基　你做得很好啊。我至少给你赚了八百万。

奥黑尔　这笔交易还能不能成啊? 我要开始往外抛了。

普朗斯基　不要那么干,马克。我们得给白鲸占着那些仓位。

奥黑尔　去他妈的白鲸。

普朗斯基　马克。

奥黑尔　去你的。

普朗斯基　白鲸说埃弗森的股价还会涨。不要卖。

奥黑尔　不然呢?

普朗斯基　不然我就把你从小圈子里踢出去,你都明白不过来是怎么回事。我再也不会给你任何内线消息了。

奥黑尔看了看沃尔什。沃尔什点点头。很满意。

奥 黑 尔　好吧。

普朗斯基　埃弗森的股价还会继续涨。你最好控制一下你自己。去找点帮助,解决一下你的情绪问题。

奥 黑 尔　会的,大嘴婆。

普朗斯基　马克。我他妈的警告你。

——灯光照亮:

审讯室。

普朗斯基面前坐着沃尔什和阿德索。

阿 德 索　规避净资本管理要求,13-D 信息披露违规——

沃 尔 什　操控市场——

阿 德 索　策谋影响企业控制权——

沃 尔 什　内幕交易。

阿 德 索　你还挺忙,亚哈船长。

沃 尔 什　还担心丢掉那条腿吗?

阿 德 索　我们会根据 RICO 向你提起指控。你的资产将在起诉之日被扣押。我们将寻求三倍损害赔偿。

沃 尔 什　也就是三亿美元。

普朗斯基　(低声地)操。

阿 德 索　你的陈述已经暗含了需要交代的信息。认罪协议取决于你向我们提供什么证据。清楚了吗?

普朗斯基 我有两个问题。

沃尔什 谁是莫比·迪克,普朗斯基先生?

普朗斯基 我儿子的信托基金,会怎么样?

阿德索 取决于你能告诉我们什么。

普朗斯基 所以他可以保住他的——

沃尔什 莫比·迪克,普朗斯基先生。

普朗斯基 刑期是多久?

阿德索 你配合我们?合理情况下的最低期限。

沃尔什 谁是莫比·迪克,普朗斯基先生?

普朗斯基 莫比·迪克是罗伯特·梅尔金。萨克尔-洛韦尔联合公司。美国的炼金术士。

阿德索 真想不到呢。

阿德索和沃尔什对视一眼。

—— 普朗斯基及其他人身上的灯光熄灭。

—— 灯光照亮:

梅尔金和彼得曼。

彼得曼站着,凝视窗外。梅尔金坐在椅子上,写着笔记。

彼得曼 落日真美。

梅尔金 是啊。

垃 圾

彼得曼　景色不错，鲍勃。真不错。

　　　　梅尔金起身。走了过来。

梅尔金　你觉得要花多少钱，买下它？

彼得曼　你是说街对面那家酒店？

梅尔金　我是说这一切。

彼得曼　这一切？

梅尔金　所有的。从这里到海边。世纪城①。

彼得曼　西洛杉矶。

梅尔金　圣莫尼卡②。从威尔希尔大道到威尼斯海滩。从山地到港口。

彼得曼　那是一大片土地，鲍勃。

梅尔金　土地。草坪。树。每栋楼。每个房子。每座公园。每所学校。一切。

彼得曼　我想说……

梅尔金　要是非让你猜的话……

彼得曼　有些东西你买不了。

梅尔金　比如说？

彼得曼　邮局。

---

① 世纪城，洛杉矶著名商业区，区内遍布高档饭店、公寓、办公楼，以及福克斯制片厂。为洛杉矶的地标性商业区域。
② 圣莫尼卡，洛杉矶西侧城市，著名度假胜地，其海滩为美国著名海岸景点。

梅尔金　这是美国，伊兹。拜托。

彼得曼　那我们或许能把邮局运营得更好点儿。（*停顿*）我不知道，鲍勃。不知道。

梅尔金　猜一猜。

彼得曼　如今的地价……至少几百亿……

梅尔金　至少。

彼得曼　一百亿？

梅尔金　也许更多。两百亿。

彼得曼　两百亿。喔。我喜欢这说法。

梅尔金转身对着彼得曼。

梅尔金　五百亿。你喜欢这说法吗？

彼得曼　我想说……

梅尔金　一千亿。

彼得曼　老天。

梅尔金　两千亿。

彼得曼　鲍勃。这种事儿有——

梅尔金　可能吗？当然。当你在创造世界的时候，伊兹？真正创造世界？——你知道约翰·D.洛克菲勒[①]死的时候身价是多少吗？两千五百亿。

[①] 约翰·D.洛克菲勒（John Davison Rockefeller, 1839—1937），美国实业家、慈善家。1870年创办标准石油，全盛时期垄断全美90％的石油市场，成为历史上第一位亿万富翁及全球首富。

彼得曼 （目瞪口呆）两千五百亿美元。

梅尔金 但我甚至不知道这个数是不是能达到……

彼得曼 什么？

梅尔金 让人感到——我说不好。感到……足够。

彼得曼 拜托，鲍勃。你不明白这词的含义。

梅尔金 这不是贪婪，伊兹。

彼得曼 我知道。这是你变得伟大的原因。但你需要谨慎点。我爸总是说：当你无法确认自己的局限时，局限就会来找你。

梅尔金 （停顿片刻）你爸身价是多少？

彼得曼 两千五百万。对他来说足够了。

梅尔金 对你来说足够吗？

彼得曼 妈的，不够。

——转到：

埃弗森。

在跟奇兹克打深夜电话。埃弗森手里拿着一个装满冰块和苏格兰威士忌的酒杯。奇兹克穿着条克什米尔羊毛睡袍。

埃弗森 你最后一次跟他讲话是什么时候？

奇兹克 几个小时前。他有点暴躁。但很坚定。

埃弗森 都会顺利的，对吧？

奇兹克　没理由认为不会顺利。

埃弗森　我想说，特雷斯勒现在没法退出了——

奇兹克　我不认为他会退出。他太自负了，一定会成交。

埃弗森　（停顿）全能我主。我很害怕，马克斯。

奇兹克　试着休息一会儿。

埃弗森　我只是——我不停想到爸爸。他会怎么做？他会怎么看这事？他会怎么看我？

奇兹克　你父亲会感到骄傲的。

埃弗森　我有点怀疑。（停顿）马修怎么样？

奇兹克　他很好。谢谢你的问候。

埃弗森　新家如何？

奇兹克　我们很爱这里。

埃弗森　那很好。

奇兹克　你需要的话，我随时都在。

埃弗森　马克斯。谢谢你。为所有事。

奇兹克　这是我的工作，汤姆。晚安。

埃弗森盯着手里的酒。随后抬头望着天空。

埃弗森　我知道不到万不得已，我从不向你求助。请原谅我的自私。让我赢下这一次。让我证明自己值得，天上我父。这是我全部所求。证明自己的机会。向他。也向你。

―― 转到：

陈的公寓。

> 晚上。陈和特雷斯勒拥抱着彼此。

特雷斯勒 几点了？

陈 三点半。

特雷斯勒 操。

陈 别想了。

特雷斯勒 没法不想。离董事会投票还有六个半小时。

陈 到时你就能庆贺自己成为埃弗森钢铁的新主人了。

特雷斯勒 我觉得我应该做一下最后的祷告。

陈 临阵退缩了？

特雷斯勒 不是临阵退缩。这很可怕。我不喜欢事情发展的态势。我有种很痛苦的感觉，似乎是被人说服着架到了这里。

陈 你不是必须这么做。

特雷斯勒 总有人得做。否则，那些家伙就会觉得他们可以为所欲为。我不想活在那样的世界里。

陈 你做成这笔交易也没法阻止他们。他们要是得不到埃弗森，就会去找其他目标。梅尔金是真正的信徒。

特雷斯勒 哦,好吧,拉斯普京①也是真正的信徒。

陈 梅尔金可不是拉斯普京。

特雷斯勒 你别告诉我你也信了这场大闹剧那一套了吧?

陈 没有。我只是说——

特雷斯勒 你说过你觉得他是个骗子——

陈 他那套变革言论背后肯定隐藏了什么……你知道我查到了什么吗?他不只是放款。他的债券附加了所有权抵押,他没有向任何人透露。他全部据为己有。

特雷斯勒 割走他那磅肉。

陈 他最终基本上拥有了他融资收购的每一家公司。没人知道。

特雷斯勒 你在书里会写这个吗?

陈 会的。

特雷斯勒 他是当铺老板。他要把美国都当掉。

陈 又或者他是新的 J. P. 摩根。

停顿。

特雷斯勒 或许你现在想去跟他在一起。

陈 你在说什么呢?

---

① 拉斯普京(1869—1916),俄罗斯帝国尼古拉二世时代的神秘主义者,被认为是东正教中的圣愚,在俄罗斯帝国末年享有显著的影响力。

特雷斯勒　我不知道。听着好像你现在更想去跟他在一起。

陈　你在胡言乱语。

特雷斯勒　也许不是。

陈　别这样,利奥。不好笑。

特雷斯勒　我没想搞笑。

陈　过来。别再胡言乱语了。

她把他拉近。他们接吻。

陈　感觉好点吗?

她再次吻他。他们继续着,直到特雷斯勒阻止了她。

特雷斯勒　你在书里写那个了吗?

陈　哪个?

特雷斯勒　J. P. 摩根那个。

陈　我想说……

特雷斯勒　写了。

陈　我在一处做了个比较。

停顿。特雷斯勒起身。抓起他的衣服。

陈　你要干吗?

特雷斯勒　我想我该走了。

陈　现在是凌晨三点半。

特雷斯勒沉默地穿着衣服。

陈　利奥。利奥。

特雷斯勒　怎么?

陈　　　　天哪,你跟罗伯特·梅尔金到底有什么过节?

　　　　　突然间。

特雷斯勒　男人是很可笑的,朱迪。男人是由他所拥有的东西定义的。这是事实。没人愿意承认。每个人都想说事情不是那样。有更高贵的追求。但是没有。一个男人所拥有的东西,决定了世界怎么看待他,决定了他怎么看待自己。(停顿)一个男人最不想看到的就是,有另一个男人拥有着他所没有的东西,而他或许爱上的那个女人也知道这点。

陈　　　　利奥。

特雷斯勒　我得走了。

　　　　　特雷斯勒退场。

—— 转到:

"董事会"会议。

　　埃弗森、布朗特、奇兹克。

　　以及特雷斯勒。董事会成员们——"B. M."——的声音从电话扬声器中传出。

　　场景开启时,奇兹克正在点名。

奇兹克　　弗朗西斯·D. 弗格森。

男性B. M.　在。

奇兹克 迈克尔·布鲁克。

男性 B. M. 在。

奇兹克 海莉·韦尔顿·帕金斯。

女性 B. M. 在。

奇兹克 刘易斯·史蒂文斯。

男性 B. M. 在。

奇兹克 杰弗里·Y. 马丁。

男性 B. M. 在。

奇兹克 威廉·波拉德三世。

男性 B. M. 在。

奇兹克 雷米·沃克吕兹。

男性 B. M. 在。

奇兹克 詹姆斯·P. 乔丹。

男性 B. M. 在。

奇兹克 费尔南达·萨顿。

女性 B. M. 在。

奇兹克 艾拉·查尔斯·伯恩斯坦。

男性 B. M. 在。

奇兹克 人员到齐。我们开始吧。

布朗特 但还没到十点呢。

奇兹克 就差几分钟。

布朗特 马克斯。

奇兹克　　我们等会儿再投票。

特雷斯勒　我们等什么呢？

埃弗森　　规则。我们不希望它看上去好像——

特雷斯勒　好像什么？好像我们试图做成交易？

布朗特　　我们不想表现出打破规则的意图。

特雷斯勒　老天爷。继续说。

布朗特　　你不会希望法庭撤销会议决议。

特雷斯勒　汤姆，你能让这场大秀尽快开始吗？

埃弗森转头看奇兹克。奇兹克点点头。

奇兹克　　来吧，先说点儿话来开场。我们等到十点以后再正式投票。

埃弗森　　（对着董事们）嗨，大家好，我是汤姆。

我们听到董事会成员们的各种声音。

埃弗森　　我想欢迎各位，也感谢大家在这么仓促的通知下抽出时间来参会。

来自董事会成员的更多反馈声音。

布朗特看着手表。有些紧张。

埃弗森　　今天摆在你们面前的决定，与以往埃弗森董事会所做出的所有决策同样重要。你们需要考虑股东们的最佳利益——但我也敦促大家，同样要认识到，公司自身的最佳利益。昨天买下埃弗森股票的人，不该与那些终其一生都在为公司效劳的人处于同一地

垃　圾

位上。拜托各位。不要被那些人愚弄，他们声称是为我们的良好发展而投资，实际上他们只在意自己的利益。（停顿）洛桑公司的杰姬·布朗特将向大家宣读两份投标书……

布 朗 特 萨拉托加-麦克丹尼尔斯公司的伊斯雷尔·彼得曼出价每股五十二美元。由萨克尔-洛韦尔联合公司的罗伯特·梅尔金融资购买。第二份标书是利奥·特雷斯勒出价每股五十六美元——

特雷斯勒 （低声地，自言自语）他妈的。

布 朗 特 由第一城银行承诺发行的债券进行融资。

男性 B. M. （插话）听起来不需要做什么决定啊，汤姆。不知道大家乱哄哄地吵什么。差四美元呢？

笑声。

埃 弗 森 刘易斯，我想是你吧……

男性 B. M. 是我。

埃 弗 森 好吧，我们有法律义务考虑所有出价。

男性 B. M. 好啊，行，我侄女刚跟我说她愿意出价一美元。

会议突然被门口出现的一阵骚乱打断。罗伯特·梅尔金和劳尔·里维拉闯进房间里。奇兹克拽住他们。

梅 尔 金 （抢话宣布道）还没到十点！招标期的正式截止时间还没到呢！

里 维 拉　截止时间——我或许该补充——没有通知给萨拉托加-麦克丹尼尔斯……

男性 B. M.　是谁啊?

梅 尔 金　鲍勃·梅尔金。萨克尔-洛韦尔公司——

里 维 拉　劳尔·里维拉。萨克尔-洛韦尔公司法务——

特雷斯勒　(自言自语)里维拉?

里 维 拉　我们来正式传达伊斯雷尔·彼得曼的最新报价,每股六十一美元。

　　　　　董事会爆发出一阵噪声。

特雷斯勒　再加他妈的五美元?!

里 维 拉　(指着特雷斯勒)他在这里做什么?

特雷斯勒　他妈的五美元!

里 维 拉　他是投标人。他不该在这里。

奇 兹 克　投票时不能。他只有在正式投票时不能在场——

里 维 拉　你们在耍卑鄙手段。

奇 兹 克　我们还没开始投票呢。

特雷斯勒　我们在耍卑鄙手段?我们他妈的在耍卑鄙手段!

里 维 拉　注意用语,先生。

梅 尔 金　这里唯一不合法的就是你们迅速召开董事会——

特雷斯勒　他妈的狗屎大秀!

梅 尔 金　——好把我们排除在程序之外!

　　　　　特雷斯勒朝梅尔金和里维拉走过去,气势汹汹。

垃　圾

特雷斯勒　　我真想——

奇 兹 克　　利奥!

里 维 拉　　干吗? 想干吗?

特雷斯勒　　撂倒你们! 你他妈的西班牙佬——

奇 兹 克　　利奥! 别这样!

董事会躁动着。

里 维 拉　　把这家伙拴起来——

梅 尔 金　　你们普林斯顿男孩就是这么办事儿的, 是吗? 用种族侮辱和拳头? 你处理得还不错是吧?

奇兹克现在挡在了他们中间。向后推着特雷斯勒。

奇 兹 克　　利奥, 冷静! 冷静一点!

梅尔金把注意力转向董事会。

梅 尔 金　　董事会的女士们先生们, 我们的出价是每股六十一美元——

特雷斯勒　　脏钱! 疯狂纸片儿!

里 维 拉　　你的出价也是用垃圾债券融资。

特雷斯勒　　你别跟我讲话!

里 维 拉　　只是我们的垃圾债券比你们能做到的可行性高一千倍——

特雷斯勒　　可行性!? 可行性!? ——

男性 B. M.　　你得冷静一点, 利奥。

特雷斯勒　　这些人还说这些话, 到底什么意思?!

另一位B. M. 我们需要了解更多关于这份新报价的情况。

特雷斯勒 你就要这样放任他们吗?

埃弗森 能拜托你先冷静一点吗? 我们会处理。

特雷斯勒 (停顿)你知道吗? 你自己处理吧,别带着我。就这样。我受够了。

奇兹克 你在说什么呢?

特雷斯勒 我干不了这个。我本来就感觉不对劲。

埃弗森 你就打算这样一走了之吗?

特雷斯勒 我不能把你父亲的伟大公司埋葬在这些债务里。

埃弗森 我父亲的公司?

特雷斯勒 我不能参与这场闹剧。我也不会参与。

埃弗森 我父亲可不是只会嘴上说说,他会实干,特雷斯勒先生。

特雷斯勒 (转去对着董事会)我正式撤回我的报价。我向各位董事致歉。祝大家一切顺利。

会议室里爆发出一阵喧嚣声。特雷斯勒转头向出口走去……

奇兹克 你要去哪儿?

特雷斯勒 他们不只是站在门口了,马克斯。他们正翻墙闯入。他们下一次就要冲你来了。

特雷斯勒退场。

埃弗森 我能否申请推迟此次会议?

垃圾

里 维 拉　你不能推迟！你得对我们的报价进行投票！

梅 尔 金　女士们先生们——

男性B. M.　推迟会议吧。

里 维 拉　同意推迟的人，我们会起诉你！

埃 弗 森　有人同意吗？

梅 尔 金　（坚决地）汤姆。你不能这么干。你知道你不能——

里 维 拉　（高喊）我们会起诉你们！——

埃 弗 森　有人同意我吗，各位？——

里 维 拉　告你们违反流程！

女性B. M.　等等，汤姆。我们需要讨论一下。

男性B. M.　海莉说得对。

埃 弗 森　什么说得对？

男性B. M.　我们需要讨论一下。

里 维 拉　你们必须对我们的出价进行投票！

男性B. M.　如果没有其他出价了，我们需要讨论下这一个。

里 维 拉　你有法律义务。

梅 尔 金　女士们先生们——

埃 弗 森　各位，要是没有人同意我将此次会议延期……

男性B. M.　汤姆——

女性B. M.　不会有人同意的。

男性B. M.　我们需要讨论一下。

埃 弗 森　我们要讨论什么？

梅 尔 金　这是违反你对股东应尽的义务——

埃 弗 森　应尽的义务?

梅 尔 金　——股东受托监督——

埃 弗 森　那我作为一位公民应尽的义务呢?

梅 尔 金　董事会的每一个人都拿了薪水,埃弗森先生——

里 维 拉　他们中大部分人的薪水都高于二十万美元,我或许该补充——

埃 弗 森　(插话)那我对建立了这家公司的人应尽的义务呢?——

梅 尔 金　你付薪给这些董事会成员是为了让他们履行职责。那就是要增加这家公司的财务价值。

里 维 拉　其他的事儿,埃弗森先生,只是感情用事——

女性 B. M.　他说得没错,汤姆。

埃 弗 森　我们根本就不想被收购!我们不想!我们原本也不需要,直到这些人出现!

里 维 拉　这有什么关联呢?

梅 尔 金　比起其他所有报价,彼得曼先生的出价让这家公司的价值提升了接近七亿五千万美元。

男性 B. M.　那是一大笔钱。

埃 弗 森　(苦苦挣扎)是七亿五千万美元的债务。在我们已有的债务基础上继续增加……公司根本无法负担这些债务。它会扼死我们的财务……摧毁花费上百年苦苦建立起的基业。如果这就是你所说的——增加价值……

埃弗森情绪激动得无法自持。梅尔金插话进来。

梅 尔 金　董事会的女士们先生们。我们来这里是要把埃弗森钢铁从死亡和衰落中拯救出来。这份报价是一份革新的邀请函。去实现增长。去寻求新生命。市场中的新生命。

女性 B. M.　很难有理由不接受这样一份出价。

男性 B. M.　股东们会非常满意六十一块的股价。

另一位 B. M.　是啊，肯定会。

男性 B. M.　十点钟了。

　　　　　停顿。

另一位 B. M.　我们发起投票吗？

男性 B. M.　开始吧。

另一位 B. M.　我同意。

男性 B. M.　全部同意吗？

埃 弗 森　拜托大家。不要。

男性 B. M.　全部同意吗？

　　　　　停顿。

全体董事会成员　同意。

男性 B. M.　反对。

　　　　　沉默。

男性 B. M. 赞成方胜出。

埃 弗 森 祝贺。

—— 灯光熄灭。

—— 一束灯光照亮：

梅尔金。

一阵电话铃声响起。

—— 另一束灯光照亮：

彼得曼。

彼得曼 彼得曼。

梅尔金 伊兹，是鲍勃。

彼得曼 鲍勃。

梅尔金 我们成功了。

彼得曼 我们成功了？！

梅尔金 每股六十一美元。

彼得曼 太他妈难以置信了！

梅尔金 你是埃弗森钢铁的新主人了。

彼得曼 哦……我……老天……怎么做到的？

梅尔金 用特雷斯勒的话说，有点像一场狗屎大秀。

彼得曼 他在那儿？

梅尔金 他当然在。我们都搅进去了。

彼得曼　咱们快见个面。把所有人都叫到俄罗斯茶室去。开香槟庆祝。

梅尔金　你去吧。玩儿得开心。我要去机场了。搭下一班飞机回去。

停顿。

彼得曼　鲍勃……谢谢你。

梅尔金　现在所有人都盯着你,伊兹。这是巨大成功。正确对待它。让我们为你骄傲。

彼得曼　我会的。我会的。

―― 彼得曼身上的灯光熄灭。

―― 一束光照亮:

普朗斯基。

身旁是沃尔什,头上戴着耳机。以及阿德索。

梅 尔 金　鲍里斯。

普朗斯基　鲍勃?

梅 尔 金　埃弗森搞定了。

普朗斯基　太好了,鲍勃。

梅 尔 金　不,我想说的是出价。六十一块。有个窗口期。对外宣布前还有两个小时。

普朗斯基　所以?

梅 尔 金　鲍里斯?

普朗斯基 怎么？

梅 尔 金 我还得一句句说出来让你明白吗？现在交易价是五十六。在股价跳水前你有两个小时继续买进。

普朗斯基 六十一块？

梅 尔 金 我说过了。

普朗斯基 你想让我现在买进，因为你知道股价会涨到六十一？

梅 尔 金 你这会儿是嗑药了吗？

普朗斯基 没有。我的意思是……没有。

梅 尔 金 我刚从董事会会议里出来。六十一。现在买进。你有两个小时。

普朗斯基 好的。

梅 尔 金 别忘了。你赚的每一分钱里都有我一半。再见。

—— 梅尔金身上的灯光熄灭。

普朗斯基挂掉电话。他看着沃尔什。

沃尔什转去看阿德索。阿德索点点头。

—— 普朗斯基等人身上的灯光熄灭。

—— 此时我们看到：

汤姆·埃弗森。

舞台后方远处。来回踱步。

全神贯注。心烦意乱。

垃 圾

——两束灯光照亮:

梅尔金和默里。

> 机场的声音。声音起初很模糊。随后更加清晰。

默　里　你好?

梅尔金　默尔。是鲍勃。

默　里　鲍勃。

梅尔金　就是想告诉你。告诉你和梅茜。交易通过了。

默　里　通过了?

梅尔金　你们会大赚一笔的,默尔。谢谢你参与交易。谢谢你没有动摇。

> 默里很安静。有些情绪化。

梅尔金　默尔? 你还在吗?

默　里　在呢,鲍勃。我在。

梅尔金　就是想告诉你。不想让你担心。

默　里　我很抱歉,鲍勃。抱歉我说过那些话。抱歉没有信任你。

梅尔金　没关系。总会发生这种事儿。结果好就什么都好。

默　里　我爱你,鲍勃。

梅尔金　我也爱你,默尔。替我向梅茜问好。

——默里身上的灯光熄灭。
—— 灯光照亮:

沃尔什。

> 悄悄靠近梅尔金。

沃尔什　罗伯特·梅尔金?
梅尔金　我是。
沃尔什　来自萨克尔-洛韦尔联合公司投资银行?
梅尔金　没错。
沃尔什　凯文·沃尔什,联邦检察官办公室。
梅尔金　我能帮您什么忙吗?
沃尔什　我相信你可以。

> 沃尔什带走了他。

—— 此时：

汤姆·埃弗森。

> 拔出一把枪。饮弹自尽。

第二幕结束。

第三幕

六个月后

钢铁工人工会大厅。

埃弗森钢铁厂的工人们,戴着安全帽,穿着工作服。人群聚集在一处讲台前,台上站着一位**工会代表**,手里拿着一张纸。

工会代表 不得不说实话。我很反感你们。从投票结果来看,是反感你们中的绝大多数人。六个月前,我们安葬了汤姆·埃弗森。在遗嘱里,他把自己家族持有的公司股份中的百分之九十都留给了你们。三个星期前,我来到这里,规划我们该如何使用这些钱来让你们所有人受益,一起受益。我告诉过你们,要是大家投票赞成由工会来管理这些钱并每年发放,而不是现在就拿到现金,在未来的十五年里大家会得到更多的钱——同时也可以帮助工会强大。你们听进去了吗?没机会了。(**读着**)百分之九十。分给你们所有人——每位雇员会分到342股。每个人只能拿到不到两万一千美元。对多数人来说,还不到半年的工资。目光短浅。愚蠢。投票结果甚至差距非常巨大。（示意纸张）一万三比三百。

人群中爆发出一阵窃窃私语和表示满意的声音。

工会代表 我能说的只有，明智地投资、使用这些钱。不确定你们还能保住工作多久。上帝保佑你们。

—— 转到：

纽约宾馆房间。

梅尔金、艾米、辩护律师。辩护律师在宣读他面前的一份公诉书。梅尔金踱着步。艾米很紧张、很憔悴。

律　师 这十七项罪名……
艾　米 十七项。
律　师 无非都是关于不遵守信息披露规定的。我们可以辩护称那些不是他的行为……
艾　米 确实不是。账目。标准和实操。
律　师 合法。
艾　米 没错。合法。
梅尔金 不行。
艾　米 什么？
梅尔金 我不能让劳尔当替罪羊。
艾　米 谁说要找替罪羊了——
梅尔金 你说了，合法。劳尔是萨克尔-洛韦尔的法务。

艾　米　他不是被起诉的人,鲍勃。你才是。指责法务不会造成同样的后果。

梅尔金　我不能让他当替罪羊。他站在我们这边。我需要他。

艾米转过脸去。

律　师　好吧。那就推到报告上,财务报告。(回到报告上)十三项关于净资本违规的罪名。

艾　米　他可以合理地使用不知晓作为主张。

梅尔金　从法律角度来看,那无法让我免罪。

律　师　但陪审团或许会相信你并不知晓。

艾　米　他确实不知晓。

律　师　所以,这十七项。加上之前的十三项。三十项。

艾　米　三十。我们能打赢三十项罪名。

律　师　还有呢……十四项关于证券虚假陈述、客户欺诈,以及共谋实施以上行为的罪名。

艾　米　他的客户没有一个感觉被欺诈。他给他们都赚到了钱。

律　师　那让他们来做证。

艾　米　最关键的是找到品德证人。

梅尔金　大家都不回我们的电话。

艾　米　要是他们知道你能打赢官司,他们会回的。

律　师　要是找到可靠的品德证人,我想陪审团会站在你这边。

艾　米　所以这十四项,加上三十。

律　师　四十四项。(翻页)此外还有五十二项。

艾　米　老天。

梅尔金　这些东西……?

艾　米　(受不了了,情绪激动)都是你对变态事业令人作呕的激情的成绩。

　　　　气氛紧张的停顿。

律　师　你看,普朗斯基以撒谎为生,靠小道消息买卖股票。他们看看他? 他们再看看你? 他们有非常大的可能性会站在你这边。

艾　米　他说得对。

梅尔金　把遗产留给雇员让汤姆·埃弗森变成了圣人。等我站到被告席上,他们会尽一切所能把我描绘成害死了圣人的人。

艾　米　我们则会把他描绘成对这个世界来说过于软弱的人。他确实也是。

梅尔金　不管他是什么人,他赢了。我输了。

　　　　停顿。

律　师　(回到报告上)五十二。五十二项罪名跟你和普朗斯基的交易有关。审判到这里才算完。五十二项重罪指控。每一项的最高刑期都在五到十年之间。总计可能有三百八十年的监禁刑期。

梅尔金　他们怎么不干脆把我吊死算了? 他们不就盼着这个吗?

垃　圾

律　师　阿德索想要你的头。

艾　米　他想要头条。

梅尔金　这他妈的是政治迫害。

艾　米　而你恰好给了他们所需要的把柄。

停顿。梅尔金转去对着律师。

梅尔金　巴里，能给我们点时间单独聊会儿吗？

律　师　当然。

律师退场。

艾　米　鲍勃，你能赢。出去告诉他们你所成就的一切。提醒他们：是你打开了已经锈了几代的水龙头；里面流出的是财富。不只是为了你自己。甚至主要不是为了你自己。美国回来了。每个人都知道。他们感受到了。提醒他们这一切在多大程度上要归功于你。我们有资源。我们会传递出这信息。我们会让他们看到我们想让他们看到的。人们会思考别人让他们去思考的事。你比任何人都了解这点。

梅尔金　你听到律师的话了。阿德索想大开杀戒。他说要用RICO来起诉，不是唬人的——

艾　米　不要让那个人来篡改你的故事。踩着你的肩膀爬到市长办公室去。揭穿他。让大家擦亮眼。那家伙只顾他自己，不顾其他任何人。你为这国家做的好事远比阿德索多得多。（*停顿*）鲍勃，我不会羞耻地耷拉着头度过余生。你需要战斗。

梅尔金 要是我们输了，就什么都没了。

艾　米 或许那才是真正值得冒的风险。

停顿。

梅尔金 我不行。我做不到。我没法冒这个险。

艾　米 鲍勃。

梅尔金 在这个国家，破产要比认罪更丢脸。他们想毁了我，夺走一切。要是我同意认罪，至少——

艾　米 不行。

梅尔金 至少，我们能保住钱。

艾　米 我为保住你而战斗。你却要为保住钱而战斗？

梅尔金 （*情绪激动*）同意认罪……等我出来以后……

艾　米 不行。

梅尔金 （*更激动了*）我们可以从头再来……

艾　米 不行。

梅尔金 （*难以自持*）亲爱的，我只能接受认罪。

艾　米 不行。

—— 转到：

公园长椅。

阿德索和沃尔什。穿着大衣。阿德索抽完一根烟。用鞋底碾灭。

垃　圾

沃尔什　他在哪儿?

阿德索　他就是要让我等。就等一会儿。他只能这样。

沃尔什　我还是不明白。

阿德索　凯文。

沃尔什　这很不寻常。

阿德索　谁还能知道?

沃尔什　他会知道。

阿德索　我不想上庭,好吗?你也不想上庭。要是跟他见面能尽快达成认罪协议……

沃尔什　我想上庭。

阿德索　我马上要参加市长竞选,凯文。我不想让焦点分散。我要搞定这事。

沃尔什　你想要头条新闻,乔。

阿德索　好吧。我想要头条。钉死我吧。

沃尔什　我只是想说……

阿德索　什么?你想说什么?不开庭就解决这案子,我们能给纳税人省下,多少?两百、三百万美元?我们能更近地、更快地给华尔街那些恶棍传达我们想传达的信息。这是更大的好处。

沃尔什　两年实在太便宜这家伙了。

阿德索　这是个开始。是个很好的开始。给他们所有人一个提醒。

沃尔什　又或者是告诉他们，你完全可以玩弄这个系统，赚得盆满钵满，最差的结果也就是得到轻微惩罚。

舞台后方，昏暗的灯光中，梅尔金出现了。

阿德索　（转过去）梅尔金先生。

梅尔金　阿德索先生。

阿德索　我的同事凯文·沃尔什。

梅尔金　我们见过。

阿德索　他就要走了。（转过去）谢谢，凯文。

沃尔什退场。

梅尔金　谢谢你见我。

阿德索　这不太寻常。

梅尔金　我知道。我很感激。

阿德索　你想聊什么？

停顿。

梅尔金　下一步是去哪儿？

阿德索　你说什么？

梅尔金　市长官邸玫瑰西园之后，我是说。假设你赢了选举。下一步去哪儿？参议院？还是直接入主白宫？

阿德索　或许还是多关心一下你自己吧，少关心我的未来。

梅尔金　没错。如果十年、十五年之后，你真的进了白宫——谁知道呢？你有这可能，只要有对路子的朋友……我猜你对这一切的理解会不太一样。

阿德索　怎么不一样?

梅尔金　钱。如果你想成功，钱才是能帮你入主白宫的法宝。等你真的进去了，那会让你整夜失眠。

阿德索　感谢您的教导——

梅尔金　筹集资金，就是你整天花时间要干的事儿。而那，阿德索先生，正是我的工作。筹集资金。

阿德索　你破坏了规则。很多很多次。

梅尔金　大陆军团①同样如此。现在来看，我们倾向于认为他们做得很对。

阿德索笑了。

阿德索　没想到你还是个浪漫的人。

梅尔金　你不了解我。（*停顿*）五亿。

阿德索　你说什么?

梅尔金　认罪协议。我不会给你比五亿更多了。你的头条新闻就值这么多。

阿德索　你没资格讨价还价。

梅尔金　事实上你人在这里，就说明情况不是如此。

停顿。

---

① 大陆军团（Continental Army），美国独立战争中英属北美殖民地军事力量，1775年6月14日根据第二次大陆议会的决议建立，使美国独立运动有了革命武力对抗英国军队。整个战争期间，乔治·华盛顿担任大陆军总司令。

阿德索　你接受两项指控。

梅尔金　好。

阿德索　你认罪。

梅尔金　好。

阿德索　你要交出九亿。

梅尔金　六亿。

阿德索　八亿。

梅尔金　七亿。

阿德索　七亿五。

　　　　　停顿。

梅尔金　好吧。

阿德索　今天就签认罪协议。

梅尔金　成交。

　　　　　他伸出手去。阿德索握住手。

——阿德索和梅尔金身上的灯光熄灭。

——舞台前区一束聚光灯照亮：

彼得曼。

　　他望向观众席——仿佛在照镜子。

　　他穿上晚礼服。扣上袖扣。

——此时，另一处地方的灯光照亮：

垃　圾

埃弗森总部。

里维拉、奇兹克、布朗特。在跟彼得曼打会议电话。

曾经的交战双方现在一起工作。"新埃弗森"——一个多种族、多元文化的结合体,专注地投入损益表底线的讨论。

彼得曼穿好衣服后加入了会议。"新埃弗森"的顾问们通过会议电话跟他对话。

(或许可以有"助理们"抱着几盒子文件走来走去,帮助建立会议的感觉。)

布朗特　"生物扫描"是这部门里唯一不盈利的制药厂。

里维拉　但生物样本是座金矿,对吧?

奇兹克　世界上最大的存货量。保存在冷藏库里。

布朗特　价值巨大。

彼得曼　能值多少钱?

布朗特　可能高达七千万。

彼得曼　非常好。我们需要能抓到的每一分钱。

奇兹克　债务要压垮资产负债表了。

彼得曼　你知道怎么才能吞掉一头大象吗,马克斯?每次只咬一口。有买家吗?

奇兹克　两家瑞士制药厂已经抛出了橄榄枝。

彼得曼　那家样本公司有多少雇员?

布朗特 九百个。

彼得曼 我要解雇他们时,这九百人丢工作的事儿会上头版新闻。动手吧。但低调一点——还有什么?

布朗特 我们还在想钢铁厂的解决方案。

里维拉 可能有个报价方。

彼得曼 可能有?

奇兹克 墨西哥集团。但不会是个好价格。

里维拉 大甩卖的价。

彼得曼 钢铁部门实在是让公司大出血。阿勒格尼,宾夕法尼亚,真是我的眼中钉。我不想造钢铁。我什么都不想造。我只想赚钱。

里维拉 没什么能像钱一样那么会生钱。

彼得曼 搞定这事儿,马克斯。

奇兹克 还没有人报价。

彼得曼 找出一个来。(停顿)还有什么?

里维拉 信实公司。杰姬查阅了账目。

布朗特 它的税务亏损在进一步扩大,接近上亿美元的程度。

彼得曼 剥离它的不良资产有多复杂?

里维拉 不复杂。设一个空壳公司。走个程序就行。

彼得曼 是下一次收购的完美载体。

奇兹克 收购什么?

彼得曼　百事可乐。（停顿）对。你没听错。伟大的产品。他们能把可口可乐踢出行业。

里维拉　用他们的巨大现金流？你能用垃圾债券筹到更多钱，多到你不知道该怎么花。

彼得曼　我会知道该怎么花。

里维拉　把收购价保持在八十五块左右，基本上只花很少的钱就能买下公司。但你需要行动起来。

彼得曼　鲍勃不在，谁来筹钱呢？

奇兹克　好吧——我们很有兴趣来谈谈这个。杰姬会在洛桑公司领导一个新的部门。

布朗特　主管债务融资。

里维拉　恭喜了，杰姬。

布朗特　谢谢，劳尔。

彼得曼　但你们从来没通过垃圾债券融资过。

奇兹克　我们期待劳尔愿意来为我们提供咨询……

彼得曼　（对劳尔）劳尔？鲍勃会介意吗？我是说要是你……？

里维拉　他为什么会介意？

彼得曼　你说得对。一个他妈的正人君子。他怎么样？

里维拉　整体来看的话……

彼得曼　我还是觉得他应该抗争一下。

里维拉　就两年而已。他舍掉了七点五亿美元。他还能剩下那个三倍的钱呢。

布朗特 （钦佩地）在牢里蹲两年。然后拿着二十亿美元脱身。

奇兹克 没什么好羡慕的。

布朗特 我倒是愿意，马克斯。随时可以。

彼得曼 那，他和艾米呢，哈?

里维拉 她很难接受。

彼得曼 他们不再提要离婚了吧? 还提吗?

里维拉 不再提了，伊兹。已经离了。

彼得曼 还有孩子呢。操。有点惨。（停顿）我还有约。谢了，各位。

—— 新埃弗森的灯光熄灭。

　　—— 灯光照亮：

共和党筹款活动。

　　阿德索穿着晚礼服，迎接来宾……

　　接下来，彼得曼出现。他走近阿德索，两人握手时，他靠近阿德索跟对方说了几句话。

　　对话被晚会的声音盖过。

　　阿德索听他说话时微笑着。点头。

　　随后他回应着。一场对话开始了。

　　两人一起转身走进里面，去拿酒饮。

垃　圾

———— 转到：

特雷斯勒。

在他的办公室里。身边是一位影子写手（二十八岁）——白人，女性，有吸引力。特雷斯勒讲话时她做着笔记。

特雷斯勒　他们的父母或者祖父母从船上下来，游泳横穿某条河，大概是这样——他们到了这里，开始自己的生活——他们只为自己着想。我不怪他们。如果我是他们，我也一样。我的忠诚会被割裂。（停顿）我有个巴基斯坦医生还在把他赚到的绝大多数钱寄回老家，他称那里为老家。这里仍然不是他的家。不真的是。我想说在提到家时，他们首先会想到的是其他地方。古巴在发生什么呢？以色列……中国。——而我会想到的唯一地方呢？是这里。美国。但看看这些人来到这里，认为机会就意味着用胳膊肘推开别人，挤到队伍最前面。利用这个体系来搞清楚如何能为他们的群体、他们的宗族、他们那个世界上特殊的小角落去牟利。直到他们在这里待上三代、四代、五代人的时间——直到他们不再感觉自己属于其他地方，然后我们才能开始谈他们对这个国家的贡献。我想说，不能指望我们把花费了我们一代又一代人的努力建立起来的遗产留给，留给那些——

影子写手 我们，特雷斯勒先生?

特雷斯勒 怎么了?

影子写手 您说我们。您是指——?

特雷斯勒 你知道啊，比如你和我。

影子写手 您是指白人。

特雷斯勒 你瞧，我认为你不希望我那么直说。

影子写手 这是您的书，特雷斯勒先生。您想怎么说都可以——

特雷斯勒 给我的话找个别的说法。更好听的说法。我花钱雇你不就是干这个吗?

影子写手 是的。

特雷斯勒 就像我刚才说的，每个该死的群体都只为自己考虑，那没法让我们成为世界上最伟大的国家。直到那些人真正感觉自己是美国人，而且只是美国人之前，直到他们真的感觉自己属于这里之前，该由我们这些本就确实属于这里的人来保证这艘神圣的大船不会沉没。

—— 转到:

一个房间。

垃　圾

里维拉、朱迪·陈，以及她的律师。

陈在看一份装订好的手稿，上面有大量标记。

里维拉面前也有同一份手稿，同样有标记并摊开着。

陈 那句话有什么问题？

里维拉 它不是一份宣誓书。它是一份书面誓词。

陈 区别在哪里？

里维拉 鲍勃做证，他相信没有故意销毁文件的行为。但是当然了，他无法确定。因此我们建议他不要对任何事实做证，只是单纯地、真诚地——以官方身份——分享他没有文件被销毁的看法。

陈 他助理的证词指出情况恰恰相反。

里维拉 我的重点是——鉴于那只是鲍勃的个人看法，其中并不涉及做伪证的问题。那是我们想删掉的另一个词。伪证。

陈 好吧。

停顿。

律　师 我们要继续往下吗……

陈翻页。

陈 接下来这一章是……

里维拉 第十章。无法接受。我想说只有接近末尾的几个段落我们可以接受。

陈　　接近末尾的几个段落?

里维拉　但是声称鲍勃在他融资收购的公司里有个人隐藏所有权的整个指控?不可接受。

陈　　全部有档案记录。

里维拉　道听途说。

陈　　根据我找到的书面记录来看,不是这样。或许你们销毁的文件还不够多。

里维拉　陈小姐。

陈　　你老板通过发行可以转换为股权的认购债券来融资。拥有股权承诺的人应当是那些购买了债券的人。但他们根本不知道此事。因为他蒙骗了客户,把股权据为己有。无论那是否违法,都显然是不道德的。

律　师　我很确定朱迪会乐意在第198页的第三句话里加上"宣称"这个词,来软化——

里维拉　无法接受。我们无法接受任何提及此事的描述。不管是未经证实的宣称还是别的什么。

陈　　你想让我删掉整个章节?

里维拉　听起来是个很好的想法。

陈　　完全不是。

停顿。

律　师　你介意我问一下这个为什么对你们如此重要吗?或许要是我们能更好地理解——

陈 （插话）因为他们坚信梅尔金是一种正义的力量。他真的相信那些。依然相信。哪怕在监狱里。

里维拉 因为这是事实。

陈 我一个字都不会改。我也不会删。不管是那一章还是其他章。

里维拉 我们会施压的。我们会以诽谤罪起诉你。

律师 诽谤罪的门槛很高的，里维拉先生。你很难证明——

里维拉 我不认为找到跟你有不同想法的法官会有多难。而你的律师费用，陈小姐……

陈 我的出版方会承担费用。

里维拉 如果你的作品能符合记者行业标准的话，他们会的。我们或许得花上不少时间和金钱来证明，显然，它不符合。证明你跟那个利奥·特雷斯勒的关系——如果这词合适的话——损害了你记者工作的清晰性及职业操守。

律师 （低声地，对陈）关系？

里维拉继续。

里维拉 让我来问你个问题，陈小姐。你觉得这书能卖多少本？我想说，就算你大获成功的话。说个疯狂的数。（留意到陈的沉默）怎么着？五万本，对吧？你能期待的最高数了？每本书卖16.95，你能赚多少？多少版税？按15%的版税算？还不到十三万美元吧？要是我们付给你这笔钱呢？现在就付。不。咱们就说这本书能卖它的两倍，不，十倍更多呢？五十万本。从没听说过能卖那么多的书。你能净赚一百三十万。咱们说不管出于什么原因，有人想把这个拍成电影……相当不可能，但咱们就说真发生了。能再赚上五万块？咱们就说电影能大卖，你又能赚到五十万版权费。加起来差不多两百万？让咱们四舍五入说是三百万吧。怎么样？你拿上三百万美元，回去跟你的出版方说，这本书的内容全都查无实据，是个莫大的错误。你不想再出版它了。把小小的预付款还给他们，回家做个富婆。嗯？为什么不把我们双方眼前的麻烦都给省下来呢？

陈　　三百万美元。

律　师　是一大笔钱。

里维拉　我给二位留点时间思考一下。

里维拉退场。

停顿。

—— 陈和她律师身上的灯光熄灭。

陈走向舞台前区。

—— 走进一束聚光灯里。

她凝视着……

观众们，很长时间。

陈　我拿了那笔钱——就像每个人都会做的一样。三百万美元。扣掉税费和律师费，我最后剩下一百四十万。我的投资组合里包含了大量高收益的垃圾债券。十年里我的钱就翻了倍。十年之后是三倍。到2017年第三季度末，我的身价是一千九百万。我再没写过一个字。

——灯光熄灭。

——灯光照亮：

低安全级别监狱。

院子里。一张野餐桌。

梅尔金和库尔特——一名狱警。梅尔金在记事本上写着笔记。

库尔特低声吹着口哨，看向"窗外"。

他看了看手表。再次看了看窗外。

库尔特　现在太阳落得更早了。

梅尔金　是这样。

库尔特　但我是说早太多了。白天已经越来越短了。他们要把时间往后调了。

梅尔金　把时间往前调，就必须再往后调。夏令时比较节省。

库尔特　我一直没法理解。我想说——他们要节省什么呢?

梅尔金　我认为这主意最开始时跟蜡烛有关。

库尔特　什么?

梅尔金　我猜是夏天每天光照时间更长，意味着在蜡烛上花更少的钱。

库尔特　但我们已经不再用蜡烛了，梅尔金先生。

梅尔金　我反正从没喜欢过那玩意。

停顿。

库尔特　好吧，我最好去巡逻了。确保每个人都待在该在的地方。

梅尔金　(推过去一个铁罐)不再来一块曲奇饼吗?

库尔特　好吧，我想说，我没法拒绝。您朋友送来的曲奇饼，太美味了。

梅尔金　是啊。默里和我是老相识了。听着，我就快弄完了。再拖一小会儿。然后你再走。

库尔特　好。

库尔特走到桌边，从铁罐里拿出一块曲奇饼。

梅尔金　所以，在我看来，如果你能买下自己的房子的话，能少交七百美元的税，库尔特。

库尔特　我不是跟您说了吗? 拿什么钱买啊，梅尔金先生?

梅尔金　你在这儿能赚两万九，对吧?

垃　圾

库尔特　对。

梅尔金　你老婆还能赚一万五。

库尔特　对。清洁工。

梅尔金　那就是四万四。意味着扣掉税以后——

库尔特　她私下领钱,不交税。

梅尔金　好,那更好。这意味着,每个月你们俩能赚超过三千美元的钱。

库尔特　对。

梅尔金　你可以合理负担起这个数的三分之一作为月供。我是说你得做好预算,但是……

库尔特　每个月一千块?那……

梅尔金　是,那意味着你得节省。但通过这种方式,节省会变成更有价值的事情。得到属于你的东西。随着时间推移,它的价值还会增长。

库尔特　基米有健康问题,梅尔金先生……

梅尔金　你女儿的医疗花费也算进去的话,你每个月还能剩下七百块?所以你负担得起——买个八万美元的房子。

库尔特　(惊讶地)真的吗?

梅尔金　你只需要八千块首付就能买到。

库尔特　(拿起记事本,不敢相信)八千美元?

梅尔金　你总能从什么地方搞到。

库尔特　我搞不到。赚多少,就花多少。就像我说的,女儿的身体不好。(放下记事本)可能现在这样也挺好，梅尔金先生。我想说我看着这些数字……就像在看中文。

梅尔金 他们就是这样糊弄你的。他们就是这样糊弄所有人。这体制用不同的语言讲话，一种他们知道大家无法理解的语言。一旦有人尝试去解释这门语言，他们的眼睛就呆滞了。这都是设计好的。他们在愚弄所有人。你听过那句老话吗？蠢人有钱留不住，听过吗？

库尔特 听过。

梅尔金 对啊，就是这样。愚弄所有人，然后抢走他们的钱。

库尔特 那就是您干的事儿吗？是您进来的原因？

梅尔金 我想是。但是，我愚弄的人，不是像你这样的人，库尔特。是那些通常会去愚弄别人的人。我愚弄了那些掌权的人。他们不喜欢那样。

库尔特点点头。

库尔特 您不是，呃——我说不好。您不像是他们说的那种人。

梅尔金 谁是呢？(拿起记事本)这就是体制的问题。它总是操纵小人物。我想说它不该那么困难的。事实是，你有收入可以按揭买房。你只是拿不出首付。应该有法子解决这问题。(整合着数据，计算着)拿不出首付。那就出售按揭债务。用收益作为保障，抵抗违约风险。没错。没错。就像垃圾债券。现在只需要直接把它出售给美国人民。没错。

停顿。

库尔特　我得去巡逻了。

库尔特退场。

梅尔金走到桌旁，充满热情，开始写笔记……

全剧终